KB164613

나와 당신의 작은 공항

나와 당신의 작은 공항

안바다 에세이

푸른숲

—

"이번 휴가 어디로 가?"

휴가철이 돌아오면 우리는 매번 묻고 대답한다. 타이베이, 달랏, 발리, 치앙마이, 루앙프라방, 보홀, 괌, 사이판에 간다고. 연차를 끌어모아 조금 더 멀리 가는 누군가는 대답한다. 카트만두, 파리, 프라하, 이스탄불, 뉴욕에 간다고. 듣기만 해도 설레는 도시의 이름들. 과장을 보태면, 그곳들로 떠날 준비를 하며 반년 혹은 1년을 보냈다고 해도 아주 틀린 말은 아니다.

지금까지 이렇게 묻거나 대답할 수 없는 세상을 우리는 경험해본 적이, 아니 상상조차 해본 적이 없다. 세상이 항공과 인터넷으로 광범위하게 연결된 이후 처음 경험하는 물리적 '단절'과 '봉쇄' 혹은 '멈춤'의 시공간에서 살게 되었다. 누군가는 국내 여행지 어딘가에 갈 것 같다고 조심스레 대답하겠지만, 아직 어딘가를 부지런히 찾아가겠다는 말이 쉽게 나오지 않는다. 또 언젠가 우리는 앞에서 호명한 도시와 그곳의 섬이나 바다로 가기 위해 검색하고 예약하겠지만, 그게 언제가 될지는 아무도 모른다. 이로써 한 가지 명확하게 알게 된 것이 있다. 우리의 형편이나 의지와 무관하게 어딘가로 떠나지 못하는 상황이 언제든 찾아올 수 있다는 것.

　그럼에도, 한 번도 경험해보지 못한 이 메마른 계절이 동시에 또 다른 여행을 꿈꾸게 하는 색다른 시간이 될 수 있지 않을까. 이 진공과도 같은 상황 덕분에 검색 화면과 예약 화면 대신, 한 번도 떠나보지 못한 어떤 여행을 시도해볼 수 있을지도 모른다는 생각이 들었다. 우리는 우리 거주지와 그곳에 놓인 사물들에게로 떠나본 적이 없다. 그리고 그곳에서 함께 거주하는 사람들도 '제대로' 만나본 적이 없었다.

　'집으로 여행을 떠난다'는 말은 단지 문학적 비유나, 불가피한 상황에 대처하는 소극적 태도의 표현이 아니다. 그것은 말 그대로 어딘가로 '떠나는' 적극적인 행위의 표현이다. 이전과는 다른 시선으로 우리의 공간과 사물을 바라보고, 익숙하지만 소외됐던 것들의 소리에 귀 기울여 보는 것이다. 함께 거주하는 사람들을 새롭게 만나보는 것이다. 이번 휴가와 연휴엔 거실과 침실로, 또 발코니와 주방으로 떠나보면 어떨까. 오랫동안 자신의 자리에서 우리에게 말을 건넨 의자와, 매일 마주쳤지만 무심코 지나쳤던 현관으로. 함께 살았지만 여태 제대로 만나본 적 없는 가족이나 친구와 함께, 언제든 갈 수 있지만 아직 제대로 가본 적 없는 그곳으로.

—

—

언제든 갈 수 있지만,
아직 제대로 가본 적 없는 그곳

저녁 6시에 떠날 비행기는 하늘로 오르지 못했다. 비행기 날개에 이상이 있을 때 켜진다는 램프의 오작동 때문이었다. 딱딱한 대합실 의자에서 두 시간 정도 얌전히 대기하던 승객들이 몸을 비틀기 시작할 무렵, 항공사는 보안상의 이유를 들어 무미건조한 목소리로 간략히 지연 안내 방송을 했다. 건조한 이별 통보가 눈물의 작별 인사보다 더 냉혹한 이별 방식이듯, 그 안내 방송은 승객들을 술렁이게 했다. 사람들은 탑승구를 지키고 있는 항공사 직원에게 더 자세한 설명을 요구했다. 급기야 승객들은 슬픔과 미안함이 함께 담긴 미소를 짓고 있는 직원 두세 명을 에워싸고 더 높은 책임자를 불러오라 요청했다. 결국 승객들은 날개에 이상이 생겼을 때 켜지는 램프의 오작동으로 인해(거듭 날개 자체의 오작동은 아니라고 강조했다) 정비 중이라는, 조금 더 구체적인 정보를 알아냈다. 정비는 자정을 넘겨서야 마무리되었다. 그렇지만 이제 탑승해도 된다는 직원의 말에 모두가 순순히 응한 것은 아니었다. 승객들의 목소리엔 짜증과 분노를 넘어 의심과 불안이 담기기 시작했다. '절차', '보상' 등의 단어가 담긴 언성이 오갔다. 정비사가 와서 직접 수리 과정에 대해 해명하라는 한쪽의 주장과 그건 규정에 없다는 다른 한쪽의 대답이 오가는 사이, 한 4인 가족의 가장이 탑승을 거부하고 집에 가겠다고 선언했다. 아이와 동반한 몇몇 가족도 그의 선언에 동참했다. 그래도 승객 대다수는 아무 말 없이 티켓을 손에 들고 다소곳이 탑승구 앞에서 기다렸다.

　　나는 잠시 어느 편에 서야 할까 망설였다. 램프가 오작동하고 한쪽 날개에서 연기가 피어오르다 급기야 기체가 곤두박질치는 장면보다, 여행을 포기하고 집으로 돌아갈 경우 돌려받을 가능성이 거의 없는 각종 숙박비와 교통비가 더 강렬하게 떠올랐다. 아홉 시간 정도 일정은 미뤄지겠지만 몇 달 전부터 계획한 여행을 포기할 수는 없었다. 아내와 나는 티켓과 여권을 손에 들고 조용히 대열에 합류했다. 목소리를 높여 탑승을 거부하고 항의하는 사람들이 뒤통수를 노려보는 것 같았다. 하지만 그들의 탑승 거부를 막을 권한이 누구에게도 없듯 우리의 탑승을 막을 권한 역시 누구에게도 없었다. 조금은 배신자가 된 기분이었다. 잠시 이중적인 감정에 빠졌다. 빨리 이곳을 떠나 몇 시간만 참으면 몇 달 동안 고대하고 들춰보고 뒤적이던 여행지에 도착할 것이라는 기쁨과, 허무하게 사라진 아홉 시간과 관행이라는 이름하에 고객을 멋대로 방치한 거대 기업의 횡포에 저항하지 못한 부끄러움이 동시에 파고들었다.

이 빠진 아이처럼 항공기는 듬성듬성 주인 없는 자리를 품은 채 날아올랐다. 사람들은 말이 없었다. 모두들 나처럼 양가적인 감정이었을 것이다. 조용히 참회하듯 몇몇은 눈을 감았고, 몇몇은 '램프 이상'이 단지 램프 이상이기를 간절히 기도했고, 또 다른 몇몇은 면세품 한 두름을 만지작거리며 그믐처럼 가만히 졸고 있었다.[□] 나도 그 의식에 동참했고 이내 잠들었다. 덜거덕거리는 소리에 잠을 깨어보니 승무원이 식사 준비 중이었다. 추운 날 건네 온 따뜻한 국밥 같은 것을 기대했지만 기내식은 차고 건조했다. 그 기내식을 보고 우리는 저가 항공의 운송료가 '저가'임을, 우리의 여행이 '저가'임을 인지할 수밖에 없었다. 물 한 모금 마시고 닫혀 있던 창을 올렸다. 아직 하늘은 어두웠지만 먼 곳에서부터 주황색과 보라색이 희미하게 풀리며 수줍게 새벽빛이 번지고 있었다.

ㅁ 곽재구, 「사평역에서」

구름은 상상 가능한 모든 모양과 빛깔로 하늘에 떠 있었지만 나는 아무 생각도 상상도 할 수 없었다. 땅에서 올려다보는 채색 구름이 아닌, 새벽 창공에서 내려다보는 구름은 지상의 번다한 모든 것들로부터, 조금 전의 언성과 어수선함으로부터 나를 멀어지게 했다.

나는 왜 지금 여기에 있는 것일까. 몇 달 전부터 고화질로 보았던 사진 속 장소를 확인하기 위해서일까. 맛집, 카페, 관광지, 일일투어, 교통편의 정보를 취합하고 여행 동선과 예산을 짜고 예약을 마쳤다. 곧 있으면 도착할 곳에 정말 기다리고 있는 것은 무엇일까. 혹시 이 여행은 이미 6개월 전에 시작되었고 비행기를 타는 순간 끝난 것이 아닐까. 떠나는 비행이 아니라 돌아오는 비행처럼 느껴졌고, 조금은 헛헛하고 조금은 차분해졌다.

오래전 두 지각판의 자리다툼으로 솟아오른 히말라야의 산들이 구름 아래 평안히 누워 있었다. 만약 여행의 실체가 감각하고 느낀 것의 총합이라면 지금 하늘에서 바라보는 풍경만으로도 충분할 것 같았다. 항로를 바꾸어 항공기의 둥글고 귀여운 코가 대기를 가르며 다시 반대쪽으로 날아간다 하더라도 아쉬울 것은 없었다. 어떤 의미에서 나는 여행을 '가는' 것이 아니라 슬슬 교체할 때가 된 캐리어처럼 여행에 '끌려다니고' 있었다. 방구석에 먼지 쌓인 채 놓여 있다가 끌려나와, 울퉁불퉁한 보도를 힘겹게 지나서, 공항버스 짐칸에 던져지고, 엑스선을 쬐이며 내장을 드러낸 채 실려가다가, 다른 짐들과 함께 서늘한 기체에 실려 8,500미터 상공을 날고 있었다.

문득 내가 제대로 가고 있는 건지 의문이 들었다. 차라리 집에 '가고' 싶어졌다. 정작 제대로 가보지 못한 곳은 나의 집이 아니었을까. 내가 살던 집, 내가 사는 집으로 나는 얼마나 제대로 떠나봤을까. 조직장에게 쓴소리를 듣고 자괴감에 빠진 나를 받아주던 집, 술에 절어 비틀거리던 나를 말없이 받아주던 집, 그와 헤어지고 잠 못 드는 나와 적막한 밤을 함께 보내주던 그 집은 자주 권태의 대상이 되었다. 벗어나고 싶은 지겨운 공간이었다. 내 마음을 아는지 모르는지 집은 멀리 그리고 오래 어디론가 다녀와도 언제나 먼지만 약간 품은 채 기다리고 있었다.

집에 있는 사물도 마찬가지였다. 그들은 내가 없을 때도 조용히 집에 머물며 기다리고 있었다. 냉장고는 우리가 없는 사이에도 부지런히 웅웅거리며 냉기를 품고 있었다. 거실 테이블 위 전등과 식탁 위 낮은 펜던트 등은 차가워져 돌아온 우리를 따뜻하게 맞아주었고, 침대와 의자는 자신의 방식대로 지친 우리를 받아주었다. 어쩌면 그들 중 몇은 우리가 없는 동안 마치 〈토이 스토리〉 속 장난감들처럼 서로 말 걸고 장난치고 있었는지도 모른다. 어깨를 맞댄 책들은 밤새도록 속삭이고 의자들은 서로 마주 보며 심각한 토론을 벌였을지도 모른다. 우리가 집에 오자 제자리로 돌아가 앉아 짐짓 아무 일도 없는 척했는지도 모른다. 여행지에서 새로운 사물과 사람에게 말을 건네고 셔터를 누르고 있을 때, 우리 집 사물들은 조용히 각자의 자리에 머무르며 우리를 기다리고 있었다. 그런데 막상 그 사물들에게 제대로 말을 걸어본 적이 없는 것 같았다. 떠나온 지 몇 시간 만에 우리의 집과 집 안의 사물들이 보고 싶어졌다.

몇 년 전 한 소도시에 갔었다. 필름 카메라를 들고 사진을 찍으며 느릿느릿 돌아다니다가 뜬금없는 장소에 버려진 물건들을 보았다. 그것들에는 "비양심"이라는 문구가 인쇄된 종이가 붙어 있었다. 서랍장과 의자 같은 것들이 함부로 버려진 모습은 폐기물관련법 제8조와 제14조를 어긴 흔한 풍경이었다. 하지만 그것들 옆에 양변기가 함께 덩그러니 버려진 풍경은 예사롭지 않았다. 그것은 본연의 문맥을 벗어나 미술관에 전시되었던 '20세기 초 예술 작품'과 같은 누군가의 철 지난 아방가르드 퍼포먼스였을까.

이런 유기는 온 가족의 엉덩이를 감싸주고 가족들의 그것을 말없이 받아주던 이 사물에 대한 온당한 대접이 아니라는 생각이 들었다. 물론 함께 버려진 다른 사물들도 마찬가지였다. 열고 닫고 만지고 앉으며 우리의 신체와 부단히 교감했던 그 사물들이 버려졌다는 사실 자체가 불편하고 슬픈 게 아니라, 몰래 버려진 것, 그러니까 그들이 존중받지 못한 채 버려졌다는 데 불편함을 느꼈다. 늦은 밤 남몰래 유기하는 것이 단지 폐기물 처리 비용을 지불하지 않으려는 비양심적인 태도의 문제만은 아니다. 무엇보다 더 슬픈 것은 그것들과 함께 보낸 시간과 역사와 기억들마저 함부로 유기했다는 데 있었다.

사물에 대한 태도는 곧 세상에 대한 태도다. 집 안의 사물들을 천천히 다시 보고 만져보고 사용하면서 그들에 대해 다시 한번 생각해볼 때, 그들과 우리의 관계에 대해 생각할 때, 비천한 공간이라도 행복한 공간일 수 있고, 낡고 조잡한 상품이라도 더없이 아름다운 존재가 되는 것이 아닐까. 만약 내게 권한이 주어진다면 항로를 바꿔 우리의 집과 우리의 사물에게로 '제대로' 떠나보고 싶었다.

사보이아 출신 18세기 후반의 작가 그자비에 드 메스트르는 토리노에서 한 장교와 결투를 벌인 대가로 42일간의 가택연금형을 받았다. 결투와 여행을 좋아하던 그. 어딘가로 떠날 수 없게 된 그는 자신의 방과 그곳에 있는 사물들에게로 떠난다. '방으로 떠난다'는 문장은 통사적으로 어색하지만 그는 천천히 자신의 방을 여행했다. 그리고 『내 방 여행하는 법』을 썼고 다시 8년 후 『한밤중, 내 방 여행하는 법』을 썼다. 그의 말처럼 자신의 집과 사물들에게로 떠나는 여행에는 대단한 경비가 들지 않는다. 날씨의 변덕에 고생할 필요도 없는 간편한 여행이다. 조용히 곁에 있어주었던 공간과 그곳에서 함께 거주해온 사물들과 대화하며 떠나는 여행이다. 시간에 구애받지 않고 먼 과거와 현재를 오갈 수도 있다. 오래전에 거주했지만 이제는 세상에 존재하지 않는 옛집에도 가고, 반려자와 싸우고 화해하며 사는 지금의 집도 살펴볼 수 있는 우리의 여행. 언제든 갈 수 있지만, 아직 제대로 가본 적 없는 그곳에서 그들과 우리의 내밀한 감정을 적어갈 수 있기를, 조금은 외롭고 낯설지만 따뜻한 여행이 될 수 있기를 바랄 뿐이다. 항로를 바꾼 여객기는 이제 우리의 공간으로 향한다.

—

—

나와 당신의 작은 공항

현관

      7시. 퇴근 시간. 할 일이 없는 건 아니지만 야근 까지 하며 처리할 일은 아니다. 따로 약속은 없다. 대신 떠 나야 할 곳이 있다. 회사에서 지하철과 도보로 45분이 소요 되는 거리, 콘크리트와 철근으로 만들어진 구조물들이 '단 지'라는 울타리 안에 옹기종기 모여 있는 공간이다. 구조물 들은 축구 선수처럼 등 번호가 새겨진 유니폼을 입고 열 맞 춰 서 있다. 그들 중 내가 갈 곳엔 '105'라는 번호가 적혀 있 다. '105'라고 쓰인 건물 안에서도 내가 가야 할 곳은 9층 에 자리한 여섯 곳 중 한 곳이다. 엘리베이터를 타고 올라간 다. 이제 거의 다 왔다. 건물만큼 낡은 현관문 앞에 선다. 이

곳이 오늘 밤 내 여행의 목적지다. 물론 이곳에는 어제도 왔고, 아마 내일도 갈 것이다.

퇴근 후 우리가 '집'이라는 여행지로 떠날 때, 그 여행에서 가장 먼저 마주하는 건 현관문이다. 방문 목적을 묻거나 여권을 검사하지는 않지만 그 문은 일종의 입국 심사대 같은 곳으로, 자신의 배꼽쯤에 달린 도어록을 반짝이며 입장에 필요한 번호를 요구한다. 어렵지 않은 순서로 번호 몇 개를 누르면 환영 인사라기엔 초라한 전자음이 울리며 문이 열린다. 드디어 오늘 밤 첫 여행지인 현관에 도착했다.

집을 생각할 때 현관은, 특히 아파트 현관은 딱히 떠올릴 만한 것이 많지 않은 공간이다. 지은 지 20년 넘은 소형 아파트의 인테리어를 계획할 때도 현관은 가장 나중에 구상했다. 현관에 대한 고민은 거실이나 침실에 비해 그다지 크지 않을 거라 생각했기 때문이다. 거실에 어떤 소파와 의자를 놓을지, 선반은 어디에 어떻게 짤 것인지, 마루와 조명은 어떻게 시공하고 설치할지를 먼저 고민해야 했다. 주방 싱크대와 테이블, 그리고 식탁 조명을 알아보다, 또 침실에 놓을 침대와 서랍장과 커튼을 알아보다 잠 못 든 날이 얼마나 숱했던가. 화장실 세면대와 좌변기까지, 삶이 그렇듯 공간을 채우는 일 역시 선택의 연속이었고 불면의 밤은 계속되었다. 그럼에도 1제곱미터 남짓에 불과한 현관에 대해서는 고민할 거리가 많지 않을 것 같았다. 신발장과 타일 정도만 신경 쓰면 될 터였다. 공간의 크기만큼 결정의 크기도 작을 것 같았다. 하지만 막상 결정의 순간이 다가오자, 꼭 그렇지만은 않았다.

두 개의 자아, A와 B가 충돌했다. 자아 A는 현관이라는 공간의 특성상 어둡고 진한 색의 타일을 고르는 것이 무난하다고 생각했다. 크기가 큰 단색 타일을 고르면 비용과 품을 아끼고도 안정적인 인상을 줄 수 있을 터였다. 자아 A는 자고로 현관은 현관일 뿐, 많은 품과 비용을 들일 필요가 없다는 의견을 제시했다.

자아 B는 생각이 달랐다. 집의 시작이자 마지막인 이 공간을 '무난함'과 '편의'라는 명목으로 지루하게 만들고 싶지 않았다. 비용과 품을 다소 들이더라도 독특한 패턴과 모양의 타일을 시공하고 싶었다. 화이트를 바탕으로, 다양한 색감과 디자인의 작은 타일을 촘촘히 수놓고 싶었다.

자아 A는 반론을 제시했다. 자잘한 타일 사이에 끼는 흙먼지를 언제 쓸고 닦을 것인지. 우리 집은 상주 가정부를 둔 대지 100평의 주택이 아니라는 점. 흰 타일은 금세 더러워질 테고 그만큼 지저분해 보일 것이라는 점. 누가 열심히 청소할 것인가? 자아 B, 당신인가? 현관에서 독서라도 할 생각인가? 자아 A는 그곳에서 머무는 시간은 짧다고 했다.

자아 B도 반론을 제시했다. 현관이 100평도 아니고 손바닥만 한 공간을 청소하는 게 그리 어려운지. 오히려 어둡게 꾸며서 흙먼지가 안 보이면 더 지저분한 채로 있을 것이다. 마치 큰 질환이 밝혀지는 게 두려워 내시경 검사를 미루는 것과 무엇이 다른지. 현관에 머무는 시간은 짧지만 그곳은 집의 첫인상과 마지막 인상을 남겨주는 장소이기에 체류 시간만의 문제는 아니라고 했다. 누가 청소하는가? 나도 하겠지만, 아내도 함께할 것이라고 주장했다. 우리

(자아 A와 B)는 아내에게 물어보았다. 하지만 아쉽게도 아내에게는 자아 A만 있었다. 우리 집 식구는 두 명이지만 아내가 자아 A의 손을 들어주어 2 대 1이 되었다.

자아 B는 혼자 살던 때를 자아 A보다 더 잘 기억하고 있었다. 퇴근 후 아무도 없는 집에 들어가기 싫은 날이 종종 있었다. 특히 귀가가 늦은 밤엔 더욱 그랬다. 피곤한 몸을 끌고 들어간 집에서 할 일이라고는 씻고 자는 일밖에 없는데도, 적막하고 어두운 집에 들어가고 싶지 않았다. 빛이 들지 않는 정글로 들어가는 듯이 느껴졌다. 그래서 현관에 잠시 서 있곤 했다. 센서 조명이 꺼지고 다시 어둠과 정적이 공간을 채웠다. 번다한 외부의 빛과 소리를 담고 온 내 눈과 귀가 적막한 공간에 익숙해질 시간이 필요했다. 그 시간은 고작 1분 내외 아니었을까. 하지만 시간을 경험하는 건 상대적인 일이어서, 그 순간은 내게 아득히 긴 시간처럼 느껴졌다. 그때 생각했다. 현관이 우리를 좀 더 다정하게 배웅하고 따뜻하게 환대할 수 있다면, 아무도 없는 냉랭하고 적막한 집이래도 작은 설렘을 안고 들어갈 수 있을 거라고.

자아 B는 현관에 있을 때마다 아름다운 타일이 수 놓인 사마르칸트의 어느 모스크 앞에 막 당도했을 때의 감정을 느끼길 기대했지만, '무난함'으로 무장한 자아 A 무리들 때문에 그럴 수 없게 되었다. 대신 자아 B는 현관 벽에 액자를 걸고 그 아래 키 작은 벤치를 놓았다. 그리고 벤치 위에 디퓨저나 작은 화분을 올려놓았다. 그로써 사마르칸트의 예배당 입구처럼 신비롭진 않지만 현관은 자신의 언어를 가진 공간이 될 수 있었다. 자아 A의 손을 들어준 아내지만 싫지 않은지 퇴근 후 현관에 들어서며 은은한 향기에 대해 물었다. '오후 노을, 바람을 타고'라는 이름이 붙은 향기라고 설명해주었다. 조향사의 설명처럼 현관에서 오후 노을, 바람을 탄 향기가 나는지는 확신할 수 없었지만 아내의 표정만큼은 노을처럼 따뜻했다.

비록 칙칙한 타일 위에 서고, 옹색한 벤치 위에 앉아 있긴 했지만, 산뜻한 꽃이 출근길에 졸린 자아 B를 다독이며 배웅했다. 기분 좋은 향기가 퇴근길에 지친 그를 다정하게 반겼다. 짧은 순간이지만 짧아서 여운은 강했다. '엔트런스홀entrance hall'로 번역되지만 '홀hall'이라기엔 너무 좁은 공간, 현관. 그러나 공간이 협소하다고 우리의 상상력마저 협소해지는 건 아니다. 오히려 빈약하고 협소한 공간이기 때문에 더 많은 것을 상상해야 한다. 소소한 것들, 그러니까 현관 벽에 걸린 액자, 화분과 꽃, 디퓨저, 또 타일의 색감과 패턴 덕분에 우리는 좁은 현관에서 충분히 멀리, 그리고 오래 떠날 수 있는 것이 아닐까.

공간이 협소하다고 우리의 상상력마저
협소해지는 건 아니다.

나와 당신의 작은 여행

상 Pieter de Hooch,
A Boy Bringing Bread,
ca. 1663.

하 Pieter de Hooch,
Young woman in an interior,
receiving a letter,
ca. 1670.

화가 얀 페르메이르와 종종 비교되는 17세기 네덜란드 화가 피터르 더 호흐. 그의 그림에 동시대 다른 풍속 화가들의 그림과 다른 점이 있다면, 실내 풍경과 함께 열려 있는 현관문이 많이 묘사된다는 점이다. 가령, 엄마가 요람을 흔드는 동안 아이가 현관문 앞에서 우두커니 집 밖을 바라보는 풍경, 현관에 트럼펫을 부는 사람이 서 있는 풍경, 한 남자가 편지를 들고 여인이 있는 현관문 안으로 다급히 들어서는 풍경, 현관에서 빵을 들고 서 있는 아이와 그 빵을 다정히 골라 드는 한 여인의 풍경 등 그의 회화에는 집 안에 들어서거나 집 밖으로 나가는 사람들의 모습이 등장한다. 거의 모든 작품에 등장하는 '열린 현관문'은 화가에게 어떤 의미일까. 실내 풍경을 주로 묘사한 화가였지만 그의 목적은 내부를 묘사하는 데만 있지 않았다. 화가는 실내 풍경에 등장하는 '열린 현관문'을 통해 흐릿하게 먼 원경을 보여주거나, 외부와 내부를 오가는 사람들과 빛의 풍경을 보여준다. 그에게 현관문 안 공간은 폐쇄적인 장소가 아니라, 안과 밖이 연결되고, 사람과 사람이 연결되고,

좁고 어두운 장소가 넓고 환한 장소와 연결되는 공간
이다.

　　　17세기 네덜란드의 주택 현관이 21세
기 한국의 공동 주택 현관과 같은 공간은 아니지만,
외부와 내부의 경계라는 점, 사람들이 나가고 들어오
는 곳이라는 점은 다르지 않다. 현관은 떠나는 이를 다
정하게 배웅하고 돌아오는 이를 따뜻하게 환대하
는 공간, 아무리 오랫동안 먼 곳으로 떠났어도 결국 돌
아와 서게 되는 공간, 때론 배달 음식과 주문한 물건
을 맞이하기 위해 뛰어가는 우리의 작은 공간인 것
이다.

결혼한 지 얼마 되지 않았을 때였다. 지금보다 이해의 깊이와 경험의 넓이가 부족했던 그때, 아내와 심하게 다투었다. 대단한 일로 다툰 건 아니었다. 언제나 그렇듯, 지금은 잘 기억나지도 않는 사소한 일로, 하지만 사소하게 취급하면 안 되는 일로 다투었다. 화가 난 아내는 짐을 챙겼다. 이제 떠나면 다시 돌아오지 않겠다는 듯 짐을 꾹꾹 눌러 쌌다. 미안한 마음이 들었다. 그러나 내게는 초라한 자존심만 있을 뿐 그녀를 말릴 용기가 없었다. 나는 거실 소파에 우두커니 앉아 있었다. 아내는 돌아보지 않고 나가는 것 같았다.

그런데 현관문 열리는 소리가 들리지 않았다. 아내는 한동안 현관에서 주저하며 머뭇거리고 있었다. 수인처럼, 마치 그 작은 공간이 그녀를 가두기라도 한 것처럼 서 있었다. 그 작은 공간에서 아내는 완전히 나갈 마음도, 그렇다고 다시 들어올 마음도 없이, 그렇게 서 있었다. 그때 생각했다. 저 현관이 있어서 얼마나 다행인지. 그곳은 그렇게 서 있는 게 가능한 유예의 공간이었다. 머뭇거리며, 아무것도 결정하지 못해도 용인되는 공간이었다. 그 주저함과 머뭇거림이 없었다면 우리는 어떻게 되었을까. 나는 아내에게 용서를 구할 용기를 내지 못했을 테고, 아내는 나를 용서할 용기를 내지 못했을 테다. 고작 그 작은 공간 덕분에 나는 뛰어가 아내를 잡을 수 있었다. 그때 우리에게 주저할 공간이 없고 단호함만 통용되는 공간이 있었다면, 우리는 헤어졌을지도 모른다.

그곳은 그렇게 서 있는 게 가능한 유예의 공간이었다.
머뭇거리며, 아무것도 결정하지 못해도
용인되는 공간이었다.

공항은 인류가 만들어낸 공간 중 가장 기술집약적이고 광대한 공간에 속한다. 반면 현관은 인간이 발 딛고 있는 가장 단순하고 협소한 공간 중 하나다. 그럼에도 현관은 공항과 닮았다. 이제 공항에서 찰칵 소리를 내며 뒤집히는 아날로그 스케줄 보드는 찾아보기 힘들지만, 우리는 여전히 출발 시각과 편명과 도착지와 게이트가 영민하게 반짝이는 디지털 스크린 앞에서 떠나는 곳과 떠날 곳을 가늠한다. 누군가와 이별하고 누군가를 만나는 이 공간이 언제부턴가 세금 면제 혜택을 받으며 공산품을 구매하고 항공사가 제공하는 라운지의 무료 와인을 즐기는 곳으로 전락했지만, 공항은 여전히 수많은 상심의 이별과 행복한 만남이 얽히는 가장 감정적인 공간이다. 만약 방사선 측정기처럼 작동하는 '감정 측정기'가 있다면, 그래서 어떤 공간에 떠다니는 슬픔, 행복, 기쁨, 설렘, 절망 등의 감정을 측정할 수 있다면, 아마 세상의 모든 공간 중 공항에서 가장 다양하고 많은 감정이 측정되지 않을까.

일반적인 규모의 거주지에서 대개 가로세로 1미터 남짓한 크기인 현관은 공항을 닮았다. 현관과 공항의 물리적 크기는 전혀 닮지 않았지만, 머뭇거릴 수 있는 곳, 한 번 더 숙고해볼 수 있는 곳, 엉거주춤 서 있을 수 있는 곳, 떠나는 누군가를 잡을 수 있는 곳, 떠나보내기 싫어하는 누군가에게 잡힐 수 있는 곳이라는 점에서 현관과 공항의 심리적 크기는 닮았다. 가장 짧게 머무는 곳이지만 가장 긴 여운을 남기는 현관은 우리의 작은 공항이다. 여행에서 힘겹게 돌아온 당신을 껴안고, 야근으로 지친 당신을 다독이고, 취해 비틀거리는 당신을 부축하는 곳.

오늘을 위해, 내일을 위해, 가족을 위해, 사랑하는 사람을 위해, 또 나를 위해 일하고 노동하는 우리들은 광고 이미지 속 주인공이나 소수 전문 여행가처럼 노마드적 삶을 살지 못한다. 반복되는 일상과 집이라는 공간에서 정주하며 살아야 한다. 매번 떠나도 우리는 매번 돌아온다. 그런 의미에서 우리에게 여행이란 어쩌면 다시 돌아오기 위한 여정일지 모른다. 멀리, 그리고 오래 떠나 있어도 언젠가 다시 돌아와야 한다면, 결국 우리 여행의 종착지는 지친 몸을 가누며 무거운 가방을 내려놓는 이 작은 공간이 아닐까. 그럼 이제 여행을 떠나거나 여행에서 돌아오는 모든 이에게 이렇게 물을 수 있다. 어디에 누구와 가는지, 가서 무엇을 할 것인지가 아니라, 떠나는 당신을 다정하게 배웅할 사람이 있는지, 떠난 당신이 돌아갈 곳이 있는지, 그런 당신을 따뜻하게 환대해줄 사람과 공간이 있는지, 라고.

우리의 여행이 시작되고 끝나는 작은 공간. 다양한 상상이 가능하고 풍부한 감정을 환기할 수 있는 우리의 작은 공항. 현관이 그런 공간이 되었으면 좋겠다.

우리에게 여행이란

어쩌면 다시 돌아오기 위한 여정일지 모른다.

타인의 취향

마당과 마루가 사라지고 아파트가 보편적으로 정착한 우리 주거 문화에서 거실이란, 집을 대표하는 공간이다. 집의 첫인상은 대개 이곳에서 만들어진다.

공간이 거주자의 세계관을 형성한다면 거실과 소파와 텔레비전의 협업이 바꾼 것은 단지 '생활 방식'만이 아니다. 거실 한가운데에 놓인 것은 대개 텔레비전이다. 텔레비전은 점점 커지며 점점 선명한 존재감을 드러내왔다. 그 텔레비전을 최적화된 자세로 시청하기 위해 배치된 소파는 시인 황지우의 시 「살찐 소파에 대한 일기」에 나오는 '그

것'처럼 살찐 것일수록 좋다. 거실, 텔레비전, 소파의 협업은 새로운 세계관을 만들었다. 그곳에서 우리는 화려하게 송출되는 영상을 소나기처럼 맞으며 무력하게 휴식을 취하고 다음 날의 노동을 위해 충전한다. 효율적인 노동과 상품 생산이 필요한 갑의 입장에서 보면 이 삼위일체의 거실은 참으로 이상적인 구조다. 다음 날 작업을 활기차게 실행해야만 하는 우리가 거실에서조차 '깨어 있는' 건 부당하다.

우리는 텔레비전을 본다고 생각하지만 막상 보고 있지 않다. 실은 대부분의 시간 동안 텔레비전이 우리를 보고 있다. 어떤 '의도'를 가지고 '응시'하며 끊임없이 시선과 말을 건네는 쪽은 우리가 아니라 텔레비전이다. 어느 순간 우리가 화면을 관람하는 것이 아니라, 화면이 우리를 관람한다. 크고 선명한 눈으로, 요즘은 기본 50인치 이상 FHD급 시력으로 우리를 응시하며 그는 설득한다. 이것을 보라고, 이것을 욕망하고 구입하라고. 우리는 텔레비전의 수다스러운 말과 시선을 받으며 어느새 눈 뜬 채 곤히 잠든다. 그런 의미에서 거실居室의 번역어인 '리빙룸living room', 그러니까 '삶의 공간'은 언제부턴가 죽음의 공간이 되었다. 한 철학자의 말처럼 "정보는 더욱 많고 의미는 더욱 적은 세계"에서 우리는 잠들어 있었다.

　　누군가의 집을 방문할 때 흔치는 않지만 성스러운 삼위일체형과는 다른 유형의 거실을 마주하는 경우가 있다. 거주자의 독특한 취향이 묻어나는 거실을 보는 일은 꽤 흥분되고 설렌다. 가령, 오래된 엘피나 시디 목록을 보다 보면 평소 그가 왜 나의 긴 하소연도 참을성 있게 들어주었는지 이해하게 된다. 다양한 분야의 서적이 꽂힌 거실을 보면 평소 그녀가 SNS에 올린 짧은 문장에 어떻게 그 긴 침묵이 담길 수 있었는지 그제야 알게 된다. 고심해 고른 액자나 포스터가 놓인 거실을 보면 평소 그가 사물을 바라보는 방식에 대해 조금은 이해하게 된다. 먼 곳에서 왔으리라 짐작되는 목각 인형은 그녀가 걸어온 길에서 흘린 고민과 상처를 말해준다. 거실이 거주자의 취향을 전시하는 공간은 아니지만 눈 뜬 '죽음' 대신 거주자의 '삶'이 담긴 공간이라면, 그 공간은 그곳에 살고 있는 사람에 대해 많은 것을 이야기해준다.

　　좁은 거실을 '삶의 공간'으로 만들기 위해, 아내와

타인의 취향

나는 여러 시행착오 끝에 거실 벽에 선반을 짜고 그 위에 책을 놓았다. 그리고 큰 테이블과 의자를 놓고 구석에 작은 소파를 놓았다. 텔레비전은 놓지 않았다. 이제 최소한, 집에 오자마자 거실 가운데 입법자처럼 앉아 있는 그것에게 습관적으로 머리를 조아릴 필요가 없어졌다. 외로움을 예능인들의 수다와 쇼핑 호스트의 현란한 말솜씨로 위로받지 않아도 되었다. 텔레비전의 웅성거림이 내 삶의 배경 음악이 되는 것을 피할 수 있었다. 텔레비전 대신 놓은 테이블에서 책을 읽고 차를 마시고 대화를 조금 더 나눌 수 있게 되었다. 아날로그 라디오에서 나오는 목소리와 음악에서 아날로그적인 위안을 받을 수 있었다. 때론 혼자 있을 때, 벽에 걸어놓은 호퍼의 그림과 함께 더 쓸쓸해질 수 있었고, 굴드가 연주한 바흐의 음악으로 조금 더 고독해질 수 있었다. 거실에서 이토록 삶의 다양한 층위를 경험할 수 있는데 그간 우리는 마치 텔레비전과 소파에 연결된 반자동 기계처럼 살았다. 인간은 거주하는 법부터 배워야 한다는 하이데거의 말처럼 우리는 제대로 거주할 줄 모르고 있었다.

Edward Hopper, *Room in New York*, 1932.

뉴욕의 어느 방에 한 남자와 여자가 있다. 남자는 신문을 보고 있고 여자는 피아노 의자 위에 걸터앉아 있다. 돌아앉은 자세와 피아노에 무심히 올려놓은 팔을 보면, 그녀는 피아노를 칠 생각이 없다. 무언가 하고 싶은 말이 있다는 듯 손가락 하나를 건반에 무성의하게 올려놓았을 뿐이다. 남자는 빳빳한 신문만큼이나 단단한 자세로 신문을 보고 있다. 그가 정말 신문을 보고 있는지 확신할 수 없다. 그에게 신문 읽기란 어쩌면 나눌 대화가 부재한 공간을 버티는 한 방식인지도 모른다. 빛이 밝은 만큼 남자와 여자의 얼굴에 내린 그림자는 어둡고 무겁다. 이 뉴욕 중산층 방에 '있는' 것은 역설적으로 어떤 부재다. 그들은 무엇인가 하고 있지만(하는 듯 보이지만), 그 일은 왠지 서로가 서로에게 침묵하기 위한 알리바이 같다. 그들의 공간엔 무엇인가 가득 차 있지만 적막하고, 그들은 거기에서 무엇인가 하고 있지만 실은 아무것도 하고 있지 않다.

언젠가 부모님이 우리 집에 오셨다. 아버지와 어머니는 서로 마주 보고 앉은 적이 별로 없으셨다. 결혼 후 두 분이 대화다운 대화를 나누신 적은 내가 목격한 바로는 거의 없었다. 간혹 나누는 대화는 대개 하소연이나 언쟁이었다. 어릴 적 두 분의 모습을 보며 부부란 싸우는 관계라고 생각했고, 그것이 어린 내가 이해한 부부의 존재 이유였다. 놀러 간 친구 집에서 목격한 친구 부모님의 다정한 모습은 내게는 부재한, 낯설고 신기한 광경이었다. 특히 애정 표현을 하거나 장난치며 스킨십을 하는 모습은 실로 충격이었다. 어떻게 부부가 저런 행동을 할 수 있을까. 그 장면은 불편함을 넘어 불쾌했다. 그 불쾌한 장면을 매일 목격해야 하는 친구를 연민했다. 하지만 그 연민은 내 것이었다. 싸우는 일이 부부의 일이라 인지시켜준 부모님의 고성 때문에 종종 좁은 마당으로 빠져나오곤 했던, 나의 것이었다.

한때 직업 군인이었던 아버지는 대화하는 법을 모르셨다. 명령과 서열, 물리적 힘을 중요한 가치로 여기는 조직에서, 더구나 6, 70년대 군대에서 제대로 대화하는 법을 배우기란 애초에 불가능했을지도 모른다. 겨우 마련한 신혼집 단칸방에서 아버지가 하는 일이라고는 취한 채 들어와 잠드는 것밖에 없었다. 저개발국의 가난한 군인이 어떤 취미와 취향을 가지기는 힘들었지만 음주와 도박은 쉽게 빠져들 수 있는 불행한 여가였다. 부족한 대화의 공간이 아닌, 아예 부재한 대화의 공간에서 서로 어떤 이해를 구하기란 어려웠을 것이다. 10년 정도 군인 생활을 하고 사회에 나온 아버지는 일반 회사에 다니며, 작게나마 거실과 자녀 방이 있는 아파트를 구했지만, 결혼 생활은 쉽게 변하지 않았다. 두 분의 작은 공간을 채우는 건 대화와 이해가 아니라 여전히 고성이었다. 그리고 그 고성 속에서 내가 할 수 있는 일은 마당을 서성이거나 방에서 이어폰을 꽂는 것밖에 없었다. 되도록 시끄러운 음악으로.

두 분을 싸우게 한 것은 아버지의 사업 실패나 음주, 어머니의 잔소리와 핀잔이었겠지만, 무엇보다 두 분은 함께 거주하는 법을 모르셨던 게 아닐까. 애초에 사이가 나빴던 게 아니라면 혹시 공간 때문은 아니었을까. 열정적으로 연애하던 시절과 달리 막상 두 분은 함께 살며 서로를 외면했다. 혹시 서로를 외면하게 만드는 공간의 논리가 두 분에게 부당한 논리의 근거를 만들었던 것은 아니었을까. 공간에게 모든 책임을 전가할 수는 없지만 분명 공간에 따라 이해와 오해의 척도는 달라졌을 것이다.

타자와 타자가 만나 함께 살면서 서로에게 오해하고 실망할 수 있지만, 과거 우리의 공간은 그 오해와 실망을 이해로 이끌지 못했다. 텔레비전과 소파는 부부의 불편하고 부당한 침묵을 연장하게 하는 유용한 알리바이였다. 텔레비전을 보(는 척하)며 우리는 서로를 외면하기 쉬웠다. 아무튼 텔레비전에선 많은 말이 쉴 새 없이 쏟아지니까. 우리는 더 이상 말하지 않아도 괜찮으니까. 우리의 공간에선 서로의 잘못을 이해하기보다 자신의 오해를 단단히 고집하기 좋았다. 그래서 단단해진 우리는 점점 안으로만 웅크리는

47

데 익숙해졌다.

　　왜 우리는 차를 마시고, 책을 읽고, 음악을 듣는 것일까. 물론 기호嗜好의 대상을 즐길 때 행복하기 때문이다. 더 나아가 그것들을 통해 다른 누군가와 공존(함께 거주)하는 방법을 배울 수 있기에 즐겁고 행복한 것이다. 타인의 취향을 경험하는 것은 단지 기호의 확대가 아니다. 그것은 타인과 공감하고 감응하는 방법을 가르쳐준다. 한 잔의 커피, 한 권의 책, 한 곡의 노래는 설혹 그것들을 혼자 즐길지라도 시공간 속에서 대상과 감응하는 순간을 경험하게 한다. 혼자 책을 읽거나 음악을 듣는 것이라고 해도 그 순간에 정말 혼자 있는 것은 아니다. 작가, 등장인물, 작곡가, 연주자 등과 대화하거나 감응하지 못하면 책을 읽거나 음악을 들을 수 없다. 심지어 혼자 커피를 마시는 순간에도 우리는 그 커피를 재배하고 로스팅하고 이름 붙인 이들과 교감한다. 그것들을 즐기고 감상하는 순간 이미 우리는 수많은 대상과 감응하고 있었다.

　　그런 까닭에 취향은 기호를 넘어선다. 취향은 기

호와 소비의 목록이 아니라 내가 좋아하는 것을 당신과 나누고, 당신이 좋아하는 것을 내가 배우는 일의 목록이다. 나의 취향과 당신의 취향은 우리에게 말한다. 당신의 이해와 오해에 대해, 그리고 나의 변명과 비겁에 대해 다시 한 번 숙고해보라고. 책을 읽고, 음악을 듣고, 좋은 커피를 맛있게 내리고 음미할 줄 알아도 만약 아무것도 변화하는 것이 없다면, 타인의 불행과 고통과 상처에, 그리고 들뜬 행복에 감응하지 못한다면 그 번지르르한 취향들이 대체 무슨 소용일까. 그런 의미에서 거실은 잘 거주하는 방법을 배우는 공간이다. 우리의 아파트를 하나의 세계로 비유한다면 거실은 그 세계 한가운데에 있는 학교다. 나만이 만족하던 세계로부터 물러나 당신이라는 타자와 함께 살아가는 방법을 배울 수 있는 그런 학교. 소박한 조명과 간소한 가구들로 마련된 마법의 교실.

부모님에겐 대화를 나눌 공통의 관심사도, 취미나 취향도, 애정도 없었지만, 무엇보다 그것을 나눌 공간이 없었다. 서로의 음악을 들려줄, 서로의 문장을 읽어줄, 서로의 감정을 표현할 두 분의 공간이 없었다. 거실은 있었지만 진정한 의미에서 거실, 그러니까 '함께 사는 공간'은 없었던 것이다. 그런 두 분이 우리 집에 처음 오신 그날 밤, 거실 테이블에 오래 앉아 계셨다. 수다스러운 텔레비전도 '살찐 소파'도 없는 공간에서 두 분은 마주 앉아 이야기를 오래 나누셨다. 그 이야기의 끝에 회한이 묻었는지 원망이 고였는지 그것은 알 수 없지만, 두 분은 오랜 시간 낮은 목소리로 대화를 나눴다. 낮은 조명과 테이블과 의자가 만든 작은 마법이 당신들을 대화로 이끈 것일까. 만약 조금 더 일찍 서로 마주할 수 있는 공간이 마련되고 그곳에서 함께 거주하는 법을 배웠다면, 그리고 그것으로 서로의 삶을 이해했다면 두 분은 조금 더 행복했을까.

　　서로가 서로에게 타자인 우리. 나는 당신의 아픔을 정확히 느낄 수 없고, 당신은 나의 슬픔을 정확하게 알 수 없다. 다만 당신의 아픔과 나의 슬픔, 그 곁에 최대한 가보기 위해 우리는 노력할 뿐이다. 온전한 이해는 없을지라도 이해의 최대치에 다가서기 위해 매번 노력하고 매번 배울 뿐이다. 나와 당신의 작은 거실은 그렇게 이해를 쌓으며 커지는 곳이다.

취향은 기호와 소비의 목록이 아니라

내가 좋아하는 것을 당신과 나누고,

당신이 좋아하는 것을 내가 배우는 일의 목록이다.

—

어느 섬의 가능성[1]

의자

'우리 집'처럼 살았지만 실은 외할머니 집이었던, 이제는 사라진 유년의 집에는 의자가 거의 없었다. 여덟 살 때부터 20년 가까이 살던 그 집에 의자라고 부를 만한 의자가 놓인 것은 내가 중학교, 보다 정확히는 형이 고등학교에 들어가고 나서였다. 재래식 부엌과 재래식 화장실, 그리고 마루에서 생활한 우리는 밥을 먹은 밥상에서 공부를 했고, 때론 바닥에 엎드려서 숙제를 했다. 텔레비전은 바닥에 앉아 보았고 볼일 역시 가장 근원적인 자세로 보

[1] "어느 섬의 가능성"은 미셸 우엘벡 소설의 제목이다.

았다. 의자라는 낯선 사물은 학교나 성당에 가야 만날 수 있는 일종의 공적인 사물이었다. 물론 그 시절이라고 모든 사적 영역에서 의자가 부재했던 것은 아니다. 80년대 서울 변두리 가난한 동네였지만 우리 집 뒤편으로는 넓은 골목에 세련된 2층 양옥집이 꽤 있었고 몇몇 친구들은 그 집에 살았다. 그 친구들은 소파에 앉아 텔레비전을 보았고 식탁 의자에 앉아 밥을 먹었고 책상 앞에 앉아 공부했다. 어느 날, 한 친구의 집에서 본 바로크풍의 안락의자와, 그곳에 앉아서 책을 읽고 계시던 친구 아버지의 모습은 꽤 인상적이었다. 어둡고 무거운 분위기가 커튼처럼 걸린 거실 한쪽에 놓인 육중한 의자와 의자만큼 육중한 친구 아버지가 책 읽는 모습은 우리 집에서 목격하거나 경험할 수 없는, 말 그대로 이국적인 풍경이었다.

친구의 의자에 앉아 나도 이런 책상과 의자를 소유하게 되기를 소망했지만, 소망은 좀처럼 이루어지지 않았다. 형이 고등학교에 입학하고 나서야 드디어 우리 집에도 입식 책상과 의자가 생겼다. 물론 그것은 형에게 속하는 사물이어서 내가 함부로 사용할 수 없었다. '자리'를 만드는 '의자'가 한 개인의 정체성을 대변하는 대표적인 사물임을 고려한다면, 형의 의자는 형 그 자체였고 허락 없이 함부로 앉을 수 있는 사물이 아니었다. 간혹 앉아보면 맞지 않는 옷을 입은 것처럼 어딘가 불편하고 불안했다. 때마침 형이 방에 들어오면 "일어나, 인마"라는 소리와 함께 뒤통수를 맞아야 했다. 그곳은 형의 내밀한 영역이었다. 나는 고등학생이 되어서야 형의 책걸상을 물려받을 수 있었다. 중학생 때까진 형의 위엄 있는 책상 맞은편, 어머니는 책상이라고 주장하셨지만 책상을 흉내 낸 밥상에서 숙제를 했다. 어머니가 내게도 책걸상을 사주지 않으신 것은 책상 두 개를 놓을 만한 공간이 여의치 않기 때문이었지만, 공부를 거의 하지 않던 나를 위한 세심한 배려였다고 생각하고 싶다. 놀러 다니기 바쁘던 내게 마치 공부를 강요하듯 책걸상이라는 부담을 건네고 싶지 않았을 것이다. 그럼에도 나는 밥상에 앉아 숙제를 하다가도 잘빠진 다리 네 개가 달린 책상과 의자를 눈으로 만져보곤 했다.

책걸상을 두 개 놓으려면 방이 크거나 많아야 했다. 크고 푹신한 소파를 놓으려면 그것을 놓을 만한 거실이 먼저 있어야 했다. 그리고 그런 거실이 있기 위해서는 조금 더 '잘' 살아야 했다. 의자는 사물이나 가구를 넘어 내가 선망하던 일종의 계층, 문화, 삶의 양식 같은 것을 대변하는 기호였다. 하지만 우리 집엔 배고플 때 마술처럼 펼쳐지는 양은 밥상, 좌식 책상이라고 주장하는 밥상, 꼬리 긴 학이 우아하게 노니는 할머니의 자개 화장대, 방바닥에 깔린 이불, 재래식 변소 등이 있었을 뿐 의자는 어디에도 없었다. 우리 집은 마치 어른들이 사라지고 아이들만 남은 도시처럼 키 작은 공간이었다.

입식 문화에서 자란 사람들이 할머니, 혹은 할아버지의 의자를 물려받고 그것을 다시 자식에게 물려주곤 한다는 이야기가 언제나 부러웠다. 지금은 존재하지 않는 사람들의 시간과 사연을 지금 우리의 공간 한쪽에 놓아두고, 다시 그곳에서 또 다른 사연을 담아가며 사는 것. 그리고 그것을 또 다른 누군가에게 전해주는 삶의 역사성을 가지고 싶었다. 기억과 시간과 감정을 오래된 사물에 담고 그것에 또 다른 이의 기억과 시간을 축적하는 그런 역사성을. 하지만 급격한 사회경제적 변화를 경험한 우리의 도시처럼,

우리 집 역시 어떤 기억과 시간이 축적된 사물을 갖지 못했다. 대신 합성수지나 플라스틱으로 쉽게 만들어지고 쉽게 사용되고 쉽게 버려지는 사물들만이 공간에 넘쳤다. 가난한 사회에서는 좋은 재료로 정성스레 만든 사물을 소유하기 힘들었다. 그것은 물질적인 부의 결핍보다 더 근원적인 결핍을 안겨주었다.

그런 결핍 때문이었을까. 독립하고 나서 처음으로 마련한 가구가 책상과 의자였다. 막상 그 의자에 앉아 있는 시간은 많지 않았지만, 아니 집에 있는 시간이 많지 않았지만 우리의 공간에는 우선 책상과 의자가 있어야 할 것 같았다. 사랑하는 사람과 지금의 집에 거주하게 되었을 때, 서로 좋아하는 의자 하나씩을 가져오기로 했다. 그리고 그 후로도 틈날 때마다 이런저런 이유를 들어 수시로 의자를 사들였다. 그러다 보니 점점 늘어 주거인은 두 명인데 의자는 여러 개가 되었다. 소파, 라운지체어, 암체어, 각종 스툴, 사무 의자, 라탄 의자 등 좁은 집에 용케도 여러 의자를 놓았다. 대부분 스웨덴에 본사를 둔 조립식 가구회사의 의자이거나 20세기 초 북미·유럽 출신 가구 디자이너들의 의자를 흉내 낸 저렴한 의자들이었지만, 가격이 저렴하다고 가치까지 저렴한 것은 아니었다. 가격과 무관하게 각각의 의자는 각각의 풍경과 가능성을 품은 하나의 섬이 되었다.

좌판, 다리, 등받이로 구성된 이 단순한 사물은 우리 몸에 많은 부분이 닿는데, 그 감촉과 느낌은 저마다 다르다. 의자는 각자의 모양과 방식대로 우리에게 어떤 자세와 태도를 요구하며 교감한다. 마주 놓인 두 의자는 서로를 마주 보게 하고 대화하게 한다. 안락한 의자는 긴장한 당신을 느긋하게 만들고, 베란다에 놓인 등나무 의자는 먼 곳을 바라보며 무엇인가 상상하게 한다. 책상과 함께 놓인 의자는 무엇인가 쓰고 싶게 만들고, 책장 앞에 놓인 의자는 무엇이든 읽게 한다. 집 안 곳곳에 놓인 키 작은 스툴은 긴 여행 중에 만나는 경유지처럼 우리를 잠시 쉬어 가게 한다. 우리가 의자를 선택하고 그곳에 가 앉는다고 생각하지만, 실은 의자들이 각자 자신의 고유한 형태로 말을 건네고 자신이 품은 풍경으로 우리를 초대한다. 우리는 단지 그 순간, 신체와 감정 상태에 따라 그들이 보낸 초대에 감응하는 것일 뿐이다.

이렇듯 의자는 기능적 충족만을 주는 사물이 아니다. 우리들이 다른 가구에 비해 유독 의자의 조형성에 조금 더 민감하게 반응하는 것은 의자가 가지고 있는 고유의 형태 때문이다. 좌판을 지지하는 구조는 다양하지만, 대개 의자는 네 개의 다리가 있는 사물이다. 포유류가 앉아 있거나 서 있는 듯한 의자의 형상은 우리가 다른 가구보다 의자를 더 친근하게 느끼는 근원적인 이유일지도 모른다. 네 개의 다리를 가진 다른 가구보다 비교적 이동이 쉬운 의자는 입식 문화권 사람들에게 어쩌면 반려동물 같은 가족이었을 것이다.

오늘 섬의 가능성

각각의 의자는 각각의 풍경과

가능성을 품은 하나의 섬이 되었다.

Glenn Gould,
1932 – 1982.

글렌 굴드에게 의자는 신체 일부였고 친구나 가족이었고 혹은 그의 음악 자체였다. 아버지가 만든 의자를 손수 고치며 가지고 다녔던 굴드에게 의자는 단지 연주를 위한 도구만이 아니었다. 연주회장이든 스튜디오든 의자는 낮은 자세로 피아노에 바짝 붙어 웅얼거리며 연주하는 그와 언제나 함께 있었다. 유독 의자에 앉아 있는 사진이 많이 찍힌 굴드는 의자가 주는 어떤 내밀한 감정을 알고 있었을 것이다. 굴드가 자신의 음악과 소리를 지킬 수 있던 것은 어쩌면 그에게 의자가 언제나 가까이 있었기 때문인지도 모른다. 의자에서 그는 고독할 수 있었고 의자에서 그는 그 자신일 수 있었다. 한여름에도 외투와 목도리를 걸치고 다녔던 그와 달리 아무것도 걸치지 않은 그의 건조한 피아노 소리는 꼭 그의 의자를 닮았다. 그토록 예민한 그였지만 스튜디오에서 녹음하며 자신의 웅얼거림과 의자의 삐걱대는 소리는 제거하지 않았다. 아니, 제거하지 않았다기보다 그 소리들도 함께 녹음했다. 자신의 웅얼거림과 마찬가지로 의자가 내는 소리 역시, 그와 그의 피아노에서 나는 소리와 다르지 않다고 생각했기 때문은 아니었을까. 젊은 그가 건반 위로 쓰러질 듯 몸을 숙인 모습은 마치 돋보기를 쓰고 책을 읽는, 진실에 갈급한 노인처럼 보인다. 오로지 눈앞의 세상에 스스로 감금된 그는 피아노 안으로 몸이 들어갈 것 같다. 다리가 짧은 그의 의자는 굴드가 되고 굴드는 건반이 되고 건반은 음악이 된다. 그러니까, 그는 결국 음악 자체가 되기를 원했던 것이다. 그리고 그 가능성 가운데 그의 의자가 있었다.

나는 수시로 의자를 집에 들였다. 헤밍웨이의 말처럼 한 마리의 고양이가 여러 마리의 고양이를 부르듯, 의자는 다른 의자를 불렀다. 하지만 반려동물을 입양하듯 신중하게 들이지는 못했다. 때론 카드 결제일에 벌어질 사태가 신중하게 고려되는 의자를 들이기도 했지만, 대개는 조급하게 만들어진 의자를 너무 조급하게 들였다. 단지 공간의 여백에 의자를 놓고 싶다는 이유로 필요성을 충분히 숙고하지 않고 성급히 들였던 것이다. 몇몇 의자는 불필요했고 몇몇 의자는 집 안의 다른 사물과 어울리지 않았다. 그리고 어느새 집을 돌아다니는 일이 마치 물이 빠져 뭍이 드러난 섬과 섬 사이를 여행하는 것처럼 의자와 의자 사이를 가르며 돌아다니는 일이 되고 말았다.

이사한 뒤로 그렇게 많은 의자와 즐거운, 혹은 불편한 동거를 하던 중 어머니께서 처음 방문하셨다. 집이 예쁘다고 말씀하시며 둘러보셨지만 어딘가 불편해 보였다. 그리고 이렇게 말씀하셨다.

"앉아서 쉴 데가 없네⋯⋯."

이렇게 의자가 많은데 "앉아서 쉴 데가 없다"는 어머니의 말씀은 충격이었다. 의자에 편히 앉기를 권했지만 어머니는 편하지 않으신지, 엉거주춤한 자세로 잠시 앉아 계시다 금세 일어나셨다. 그러고는 빈자리를 애써 찾아 좁은 방바닥에 앉으셨다. 한 번도 자신 소유의 의자를 가져본 적 없는, 그리고 그 의자에서 어떤 설렘이나 위안을 받아본 적 없는 어머니에게 의자는 잠시 앉아 있는 공간일 수 있어도 편히 쉴 수 있는 공간은 아니었던 것이다. 나는 괜히 애꿎은 의자를 책망했다. 손님을 편안히 받아주는 기본적인 기능조차 하지 못하는 몇몇 의자에 의구심의 눈길을 보냈다. 특히 장인의 손길을 거쳐 탄생한 것도, 유명 디자이너의 상상력이 재현된 것도 아닌, 광저우에서 차로 한 시간 걸리는 공장에서 출생한 검정 의자에게 더 큰 불만을 품었다. 기회만 되면 어떻게든 '처리'해야겠다는 음흉한 생각마저 품었다.

좌 Vilhelm Hammershøi, *Interior*, 1893.

우 Vilhelm Hammershøi, *Interior, Strandgade 30*, 1901.

덴마크 화가 빌헬름 하메르스회이의 그림에서 의자는 중요한 오브제다. 그의 그림에 자주 등장하는 여인처럼 의자들은 고독하게 서 있거나 때론 앉아 있다. 최대한 많은 빛을 받아들이는 큰 창문과 밝은 벽지가 인물의 쓸쓸하고 어두운 뒷모습과 대조를 이룬다. 이곳에 머무는 빛은 눈부시기보다 그윽하다. 태양 빛은 북구의 그것답게 낮고 길다. 그 빛을 받은 소박한 의자는 등 돌린 인물처럼 긴 침묵으로 여백의 공간을 채운다. 의자에 앉아도 좋지만, 또 그것을 위해 의자가 존재하는 것이라고 누군가는 주장할지 모르지만, 좋은 의자는 꼭 앉지 않아도 좋다. 늦은 오후, 지는 태양의 순한 햇살을 겸손히 받고 있는 의자는 그곳에 누군가 앉지 않아도 그 자체로 충만한 순간을 간직한다.

구입한 지 4년째 된 어느 날, 광저우 출신의 의자 하나가 살짝 주저앉았다. 암 진단을 받은 어머니의 병원 침상 옆에서 며칠을 보내고 집에 온 날 아침이었다. 나도 모르게 털썩 앉았는데 "빠직." 소리와 함께 의자 한쪽이 살짝 무너지며 상판과 다리의 접착 면이 떨어졌다. 저렴한 재료와 저렴한 공정으로 만들어서일까. 아니면 슬픔이라는 감정의 무게가 추가된 그날의 내가 무거웠던 것일까. 밤새 뒤척이는 어머니 곁에서 나 역시 뒤척이며, 내가 할 수 있는 일이 이렇게 뒤척이는 것 외에는 아무것도 없다는 사실을 알게 된 그날 밤. 그런 밤을 보낸 그날 아침의 내가 너무 무거웠을 것이었다. 저렴하게 구입한 이 의자는 나와 내가 가진 것을 견디지 못하고 내려앉고 말았다. "역시 싼 게 비지떡인가"라고 중얼거렸고 이제야 '처리'할 명분이 생긴 것 같았다. 하지만 주저앉은 의자에게 불쑥 알 수 없는 연민이 생겼다. 의자 다리에 악성 종양이 생긴 건 아니지만 주저앉은 의자의 상처받은 모습에서 세상의 병든 존재에 대한 연민이 들었다. 저렴한 것을 원하는 구매자와 제작자가 만나 태어난 이 의자가 잘못한 것은 아무것도 없었다. 그저 야식으로 부풀어 오른 내 살과 슬픔과 상심으로 무거워진 내 삶을 지탱하려다 다리가 무너져내렸을 뿐. 그의 상처는 어머니의 종양에 몰두하던 내게 잠시 다른 생각을 불러일으켰다. 세상의 모든 존재가 이 의자처럼 부러지고 상처받을 수 있다는 사실이 새삼 떠올랐다. 어쩌면 의자가 그의 방식대로 나를 위로해주는 것인지도 몰랐다.

하지만 정작 위로받아야 하는 건 내가 아니라 다리가 부러진 의자라는 생각이 들었다. 손재주는 고사하고 장난감 조립조차 젬병이던 나는 목공 본드와 고무망치를 준비했다. 조심스럽게 망치를 두들겨 다리 위치를 맞추고 본드와 작은 못으로 의자를 단단히 고정했다. 한쪽으로 기울어 절룩거리던 의자는 다시 꼿꼿이 일어섰다. 앉아보니 꽤 튼튼했다. 잘 버틸 수 있을까. 의자도 나도, 다시 주저앉지 않을 수 있을까. 이제, 그날의 작은 상처 하나와 소박한 위로 하나가 이 의자에 새겨졌다. 좌판의 가죽이 갈라지면 갈라지는 대로, 다리에 흠이 생기면 흠이 생기는 대로 이 의자는 시간과 기억과 상처를 나이테처럼 간직할 터였다. 의자는 자신과 나의 아픔을 간직한 채, 우리를 기억하는 누군가에게 전해질 것이다. 그리고 그 누군가는 또 자신들의 이야기를 의자에 남길 테다. 이제 우리가 얻은 것은 단지 의자라는 사물이 아니다. 네 발 달린 작고 소중한 역사가 생긴 것이다. 그렇게 의자는 작은 역사와 가능성을 품고 우리와 조금씩 낡아간다.

좌판의 가죽이 갈라지면 갈라지는 대로,
다리에 흠이 생기면 흠이 생기는 대로 이 의자는
시간과 기억과 상처를 나이테처럼 간직할 터였다.

오늘 삶의 가능성

—

우리, 반 평의 공간

침대

어린 날 언젠가, 잠을 자기 위해서가 아니라, 아무 것도 할 수 없었기에 밤새도록 누워 있었다. 긴 울음과 슬픔, 그리고 무기력이 고인 베개와 이불. 어떤 분투도 어떤 의지도 가질 수 없던 내가 할 수 있는 일이라고는 이불과 베개에 몸을 맡기는 것뿐. 어두운 시간은 흐르는 것도 완전히 멈춘 것도 아니었다. 그것은 찰랑거리듯 방 안 가득 고여 있었다. 나는 어둠의 가장자리에 놓인 허름하고 눅눅한 이부자리에 모로 누워 이 슬픔의 끝에 가닿기를 바랐다. 밤의 끝은 어디고 슬픔의 끝은 어딜까. 축축한 베개의 느낌, 더 이상 나오지 않는 눈물, 가장 깊은 밤의 어둠과 가장 이른 새벽 여명이 함께 스민 이불 끝자락. 그리고 어느덧 창문을 가득 채운 아침 햇살. 슬프지만 유난히 반짝이던 그 햇살은 위로가 되었다.

아무튼, 나는 버텼다. 그런데 만약 내게 얼굴과 온몸을 파묻을 수 있는 베개와 이불이 없었다면 하룻밤이라는 긴 시간을 버틸 수 있었을까. 그것들 덕분에 마음껏 슬퍼하거나 낙담할 수 있었고, 아무튼 잠들 수 있었다. 잠이 들면 내 안의 슬픔도 잠시 잠들었다. 잠들어 있는 동안 최소한 그만큼의 크기와 시간은 고통받지 않을 수 있었다. 베개에는 마르지 않은 슬픔이 고였지만, 간혹 자고 일어나면 조금 전의 슬픔과 고통이 별것 아닌 것처럼 느껴지는 행운을 얻기도 했다.

삶은 경계 없이 지속되는 무엇이고, 죽음은 순간적이고 단절된 단 한 번의 사건이다. 죽음은 그 자체로 이미 종결된 사건이기에 경험할 수 없다. 그럼에도 우리가 죽음을 간접 경험해볼 수 있는 일이 있는데, 그것이 잠듦이다. 때론 꿈도 꾸지 않고, 실은 꿈조차 망각하며 깊이 잠드는 것은 죽음과 가장 유사한 경험이다. 잠든 동안 나는 내게 일어난 일을 모른다. 죽음이 그렇듯 그저 작은 암흑의 공간에 놓여 과거의 시간도 미래의 시간도 망각한 채 잠들어 있을 뿐이다. 그런 의미에서 잠이 매일 깨어나는 짧은 죽음이라면, 죽음은 깨지 않는 긴 잠이다.

그렇게 잠들 수 있는 침대에서는 충분히 무력할 수 있고 마음껏 항복할 수 있다. 아무것도 하지 않을 수 있고 아무 일을 하지 않아도 된다. 그렇다고 침대가 오로지 무력함만을 위해 준비된 공간은 아니다. 누군가에게 침대는 가장 많은 것을 상상하며 잃어버린 무언가를 찾는 공간이기도 하다.

침대에서 두툼한 베개를 등에 받쳐 놓고 창백한 얼굴로 글을 썼던 프루스트. 그는 낮에 잤고 밤에는 침대에 앉아 글을 썼다. 프루스트에게 침대는 편한 자세를 제공하고 따뜻하게 몸을 덥히는 공간이자 사물이었지만, 그보다 근본적으로 그에게 침대는 지나간 시간을 떠올리고 도래할 상상을 가능하게 한 공간이자 사물이었다. 그가 만약

Marcel Proust,
1871 – 1922.

『잃어버린 시간을 찾아서』를 천식과 싸우며 침대에서 집필하지 않고, 도스토옙스키처럼 완고한 테이블에 꼿꼿이 앉아 썼다면 어땠을까. 어쩌면 『잃어버린 시간을 찾아서』는 완전히 다른 작품이 되었을지도 모른다. 『잃어버린 시간을 찾아서』는 프루스트가 침대에서 눈을 뜨고 꾼 한 편의 긴 꿈이다.

엄마가 죽은 후 그녀에 대한 그리움과 슬픔으로 얼룩진 프루스트. 그는 엄마 없이 살기 힘들어했다. 그에게는 더 이상 자신의 삶을 스스로 '번역'할 용기도 희망도 남아 있지 않았다. 그럼에도 프루스트는 엄마가 죽은 후 4년 만에 1편 「스완네 집 쪽으로」, 1부 '콩브레'를 완성했다. 그 일이 가능했던 이유는 아마도 침대 덕분이 아니었을까. 심약한 몸과 마음을 가진 그였지만 침대는 마지막 용기와 위로를 주었다. 엄마의 죽음 후 그는 두문불출한 채 침대에서 자기 자신(의 기억)과 슬픔을 창조적으로 번역했다. 만약 프루스트의 칩거와 그 칩거의 물리적 조건인 침대가 없었다면 '20세기 최대의 문학적 사건'이라고 불리는 일은 일어나지 않았을 것이다.

프루스트는 소설에서 자신이 살았던 곳과 살았을지도 모르는 곳에 대한 "추억"이 구원처럼 다가와 빠져나갈 수 없는 허무로부터 자신을 구해주었다고 말했다. 그러니까 프루스트에게 추억은 단지 과거의 기억으로 기능한 것이 아니라 현재의 구원으로 기능한 것이다. 도무지 빠져나갈 수 없는 허무로부터 자신의 추억이 자신을 구원해주었다. 만약 프루스트에게 침대와 침대가 상기시켜준 추억이 없었다면 그는 엄마를 잃은 상실감에 빠져 무기력과 허무에서 벗어나지 못했을 것이다. 침대는 그에게 엄마의 이야기를, 자신의 이야기를, 그리고 세상의 이야기를 쓸 수 있도록 위로해주었다. 마음껏 무력할 수 있는 장소가 무력함을 극복하기에 가장 좋은 공간이었던 셈이다.

독일 철학자 발터 벤야민이 「프루스트의 이미지」에서 언급했듯이, 무수한 청혼자를 거절하기 위해 낮 동안 짠 직물을 밤새도록 풀어야 했던 오디세우스의 아내 페넬로페와는 반대의 방식으로, 프루스트는 허무로부터 도망치기 위해 풀어지고 흩어진 과거의 시간과 체험을 회상하며 밤새도록 직물을 짰다. 페넬로페의 직물은 구혼자들의 요청을 거부하기 위한 핑곗거리였지만 프루스트의 직물은 자기 자신과 잃어버린 시간에 대한 구원이었던 것.

그렇게 잠들 수 있는 침대에서는

충분히 무력할 수 있고

마음껏 항복할 수 있다.

Eugène Delacroix, *The Unmade Bed*, 1827.

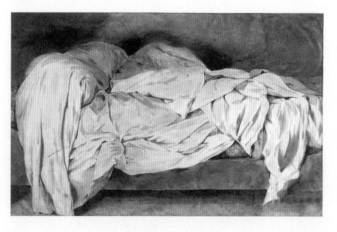

들라크루아의 <흐트러진 침대_The Unmade Bed_>. 그저 '흐트러진 침대'를 그렸을 뿐인데도 그의 다른 작품들만큼이나 격동적이고 열정적이다. 침대에 아무도 없고 어떤 사건도 보이지 않지만, 많은 것을 보여준다. 단정히 정리된, 그래서 아무 것도 보이지 않고 무엇도 짐작할 수 없는 침대가 아니라 '흐트러진 침대'를 통해 많은 사람과 다양한 사건과 풍부한 감정을 상상하게 한다. 보이지 않는 것을 보여주는 탁월한 방식을 화가는 알았다.

누군가에게 저 침대는 격정적인 사랑을 나눈 곳이다. 누군가에겐 밤새 몸부림치며 절망의 고통을 견뎌낸 곳이다. 또 다른 누군가에겐 새로운 도약을 꿈꾸는 곳이다. 사랑하고 절망하고 모험하는 이 반 평의 공간, 침대는 가장 작은 세상이지만 가장 큰 세상이다.

아직 '잃어버린 시간'이 많지 않던 어린 날, 나는 몽상하기 위해 일부러 일찍 잠자리에 들고는 했다. 제멋대로 펼쳐 놓을 수 있는 가공의 세상에서 놀기 위해 눈을 감고 몽상하며 자는 척을 했다. 그렇게 있을 땐 누구의 방해도 잔소리도 들리지 않았다. 텅 빈 여백에 날줄과 씨줄로 이야기를 짰다. 어떤 목적도 어떤 유용함도 없는 이야기를 그곳에 가득 채웠다. 그때의 이부자리는 몽상할 수 있는 밤의 무대였다. 넓지 않은 직사각형의 공간은 어떤 성역처럼 침범당하지 않았다. 하지만 이제, 대개 유용하거나 유용하기를 바라는 생각을 하며 잠드는 내게 침대는 더 이상 밤의 무대가 아니다. 불행히도 침대는 그저 낮이 연장된 공간으로, 누군가와의 약속, 계약, 파기 등의 단어들이 소환되어 복기되는 공간일 따름이다. 아무것도 직조하지 못하고 아무것도 꿈꾸지 못하는 건조한 공간이다.

어느 날, 침실 위치를 바꾸었다. 아무것도 꿈꾸지 못하는 공간이라서 바꾼 건 아니었다. 실용적인 목적 때문이었다. 복도식 25평 아파트에서 두 명이 생활하는 것이 어려운 일은 아니었지만, 사실 두 명이 생활하기에 적당한 공간이었지만, 집의 규모에 비해 책이 너무 많았다. 게다가 좁은 거실에 큰 테이블과 의자까지 놓고 나니 '빈 공간'이 없었다. 집이 좁더라도 빈 공간이 약간은 있으면 했다. 책, 테이블, 의자, 책장, 협탁, 장식장, 서랍장 등 이런저런 집기로 공간이 채워진 뒤 아내와 나는 거실, 안방, 작은방 등을 장애물 피하듯 건너다녀야 했다. 넓은 공간은 아니어도 요가 매트 두어 개 놓을 만한 공간 정도가 있으면 싶었다. 아내는 스트레칭이라도 할 수 있는 공간을 원했다.

작은 집일수록 가구의 배치와 공간 구성이 중요했다. 2년 정도 생활해보니 잘 때 외에는 침대가 있는 큰방에 들어가지 않는다는 사실을 알게 되었다. 언제부턴가 침실은 밤 12시가 되면 반쯤 감긴 눈으로 들어갔다가, 아침 7시가 되면 알람 소리에 스프링처럼 튕겨 나오는 곳이 되었다. 전체 공간의 비율로 볼 때, 거실은 침대가 놓인 큰방보다 좁았다. 하지만 우리는 대부분의 시간을 거실에서 보내고 있었다. 공간의 크기와 점유 시간의 크기가 조화롭지 않았다. '왜 (물리적으로) 가장 큰 공간을 (시간적으로) 가장 적게 사용해야 하는가?'라는 질문을 던졌다. 사용 가치가 사용 시간만으로 평가받는 건 아닐 테지만 이 공간의 평당 가격을 생각하면 왠지 큰 낭비 같았다.

우리는 침대를 작은방으로 옮겼고 큰방에는 2인용 소파와 책을 놓았다. 그러자 큰방에 넓지는 않아도 '빈 공간'이 생겼다. 사물이 빽빽이 놓인 좁은 집이지만, 그곳이 문장의 쉼표 같은 공간이 되어주었다. 침실을 큰방에서 작은방으로 변경함으로써 사용 시간과 공간 점유의 문제를 합리적으로 해결한 것 같았다.

하지만 문제는 침실이 된 작은방이었다. 그 방에는 육중한 나무 프레임을 놓을 여유가 없었다. 프레임을 빼고 매트리스만 겨우 놓았다. 공간의 반을 매트리스가 차지했다. 분명히 침실에서는 잠만 자면 된다고 말했던 아내는, 급격히 작아진 침실을 보고 "너무 좁은데"라고 말하며 마치 보면 안 되는 장면을 목격한 사람처럼 난감한 표정을 지었다.

너무나 넓은 공간은, 공간이 충분히 있지 않을 때보
다 우리들을 훨씬 더 질식시킨다.

(…)

남미南美의 대초원에서 말로 끝없이 질주한 다음에 그
는 이렇게 쓰고 있다: '바로 과도한 질주와 과도한 자
유, 또 그럼에도 변함없는 그 지평선 때문에, 우리들
이 절망적으로 달렸음에도 불구하고, 그 넓은 초원
은 내게는, 다른 감옥들보다 크기는 해도 감옥의 모습
을 띠었다.'

_가스통 바슐라르, 곽광수 옮김, 『공간의 시학』, 동문선, 2003, 367쪽.

우리, 단 둘의 공간

나는 이 문장들이 마음에 들었다. 흔히 '자유로움'은 어떤 제약이 없을 때 느끼거나 가질 수 있다고 생각되지만, 실은 아무 제약도 없는 때야말로 가장 자유롭지 않은 때이다. 동시에 이 말은 어떤 제약이나 한계가 있을 때야말로 가장 자유로울 수 있다는 것을 의미하기도 한다. 좁아진 침실을 보고 상심한 아내에게, 위로랍시고 프랑스 철학자 가스통 바슐라르가 『공간의 시학』에서 인용한 쥘 쉬페르비엘의 문장을 읽어주었다. 아내는 말했다. "감옥 같아도 좋으니까, 절망적으로 달릴 만큼 넓은 데서 살아보면 좋겠다, 좀."

고생대 캄브리아기부터 존재하던 패류의 집처럼 제 몸의 크기와 꼭 맞는 우리의 침실. 전보다 많이 좁아졌지만 전보다 아늑해졌다고 위안했다. 채우고 싶은 것이 많았던 넓은 공간보다 좁고 내밀해진 공간에서 더 크게 상상하며 더 큰 도약을 할 수 있다고 스스로를 다독였다. 밤에 머물며 몽상하는 능력은 공간의 크기나 분위기에 따라 달라질 수 있다. 어떤 공간은 기억나지 않는 것들을 기억나게 하고, 어떤 공간은 낮의 세상을 덮고 밤의 세상을 열어보게 도와줄지도 모른다. 또 어떤 공간에선 조금씩 흐릿해지는 사랑을 다시금 조심스럽게 더듬어볼지도 모른다.

　　　이 반 평의 공간에서 우리는 몽상하고 욕망하고 휴식하고 잠들고 꿈꾸고 깨어난다. 슬플 때, 아플 때, 피곤할 때 우리는 이 작은 공간에 몸을 누인다. 이곳에서 때론 절망하고 자주 슬퍼하고 종종 사랑한다. 그리고 대개 우리는 침대에서 태어나고, 마지막 호흡을 멈춘다. 사람이 살면서 조금은 겸손해질 수 있다면, 그것은 침대의 공간 크기 때문이 아닐까. 침대가 아무리 커져도 항공기나 유조선처럼 커질 수는 없다. 침대는 침대로 정의되는 크기를 넘어서지 않는다. 낮에 어떤 대단한 일을 성취하든, 혹은 어떤 사소한 일에 절망하든 우리는 결국 이 반 평 크기의 사물에 몸을 누이고 잠이 든다. 그리고 결국 침대보다 더 작은 다른 사물에서 영원히 잠들고 다시 돌아올 수 없는 세상으로 떠난다.

　　　그런 반 평의 공간이지만, 동시에 이곳은 어떤 곳보다 넓고 높고 자유롭다. 벤야민은 같은 글에서 프루스트의 침대를 미켈란젤로가 시스티나성당의 천장 벽화를 그릴 때 사용한 '공중 사닥다리'(비계飛階)로 비유했다. 프루스트는 침대에서 저 먼 기억 속에 묻힌 자신의 '천지'를 창조했고 오래지 않아 그곳에서 세상을 떠났다. 프루스트에게 침대는 자신이 체험한 유한한 세상을 넘어설 수 있는 무한한 세상이었다. 우리도 이곳에서 그처럼 우리의 무한한 세상을 만들 수 있을까. 우리는 이곳에서 얼마나 많은 것을 잃고, 또 얼마나 많은 것을 찾을 수 있을까. 우리는 이곳에서 어떤 구원과 그리움과 슬픔과 절망과 사랑을 찾을 수 있을까.

　　작은 침실에 누운 첫날 밤, 잠든 아내는 이상한 소리를 냈다. 그녀는 어떤 꿈을 꾸는 중일까. 작은방에 놓인 좁은 침대지만 그녀에게 그곳이 가장 멀리 떠나고 가장 높이 도약할 수 있는 곳이 되기를 바랐다. 그리고 나는 그날 밤, 전등이 만든 노란 작은 원 안에서 바슐라르의 다른 책 『촛불의 미학』을 오래도록 읽었다. 아내에게 읽어주고 싶은 문장이 가득한 밤이었다.

어두울 때 보이는 것들

전등

      뒤늦은 고백을 하는 남자가 있다. 마르그리트 유르스나르의 소설 『알렉시』의 주인공 '나'는 긴 침묵으로 살아온 자신의 잘못을 긴 편지로 고백한다. 남자는 그동안 한 남자를 사랑했다는 긴 고백을 아내에게 바친다. 조심스럽고 느릿한 그의 고백은 진심 어리지만 단호하다. 더 이상 아내를 속이지 않기 위해, 무엇보다 자신을 속이며 살지 않기 위해 그는 고백한다. 고백하는 서술자의 목소리는 낮과 밤의 경계에 걸친 석양을 닮았다. 말에도 색온도가 있다면 이 소설의 말은 낮은 색온도를 지녔다.

붉고 낮은 색온도의 목소리로 주인공 '나'는 어머니와 누이들을 아주 밝은 것은 아니지만 고른 광선으로, 완전히 어둡지 않은, 그래서 혼자가 되지 않게 만드는 전등으로 비유한다. 그에게 어머니와 누이는 부드러운 불빛이 나지막한 전등 같은 존재고 그런 전등은 어머니와 누이 같은 존재인 것이다.

환하게 밝지는 않지만 고른 광선 덕분에 완전히 어둡지는 않은, 그래서 정말로 혼자가 되게 하지 않는 그런 전등 같은 사람이 우리 곁에도 있을까. 가족이나 연인이 우리에게 언제나 그런 전등 같은 사람이 되어줄 수 있을까. 때론 그들이 곁에 있어도 우리는 혼자가 되고는 한다. 언제나 곁을 지켜주는, 그래서 혼자가 되지 않게 하는 그런 사람이 곁에 있기를 바라는 건 욕심일지도 모르겠다. 하지만 그런 사람은 없을지라도 그런 전등을 곁에 두는 것은 가능하지 않을까. 아무 말도 하고 있지 않았지만 전등이 그런 존재가 되어줄 수 있을지 모른다. 그들은 가장 어두운 곳에서 침묵하고 있었지만, 그것은 그들이 우리를 기다리는 한 방식이었다. 전등은 말없이 곁에 있어준 삶의 동반자였다.

그런 동반자가 소수여도 충분할지 모르지만, 좋은 사람을 늘 곁에 두고 싶은 마음처럼 나는 좁은 집 군데군데 전등을 놓았다. 그것이 꼭 어두운 곳을 환히 밝히기 위해서는 아니었다. 의도대로 실행하지 못했지만 거실과 방 천장 가운데에 흔히 '방등'이라 불리는 붙박이등은 설치하고 싶지 않았다. 어떤 방은 침실이 될 것이고 어떤 방은 옷방이, 또 어떤 방은 책방이 될 수도 있었다. 각 다른 성질의 공간에는 다른 성질의 빛이 필요한 게 당연했다. 저마다 공간에 필요한 만큼의 빛과 어둠을 품고 싶었다. 간접 조명을 설치하고 스탠드를 놓아두려는 의도가 단지 무드, 은은함, 부드러움이라는 형용사로 집 안을 수식하기 위해서만은 아니었다.

채광 좋은 집을 구하는 것은 중요한 일이고, 또 마땅한 일이지만, 그것과 별개로 집 안 모든 공간에, 특히 밤의 공간에 빛이 가득 차는 게 반드시 좋지만은 않다는 생각이 들었다. 가장 높은 곳에서 중앙집권적인 방식으로 비추는 조명이 획일적이고 폭력적으로 느껴졌기 때문이었다. 보다 근본적으로, 빛이 만들어낸 공간이 밝음만 존재하는 곳이 아니라 밝음과 어둠이 공존하는 곳이기를 바랐다. 빛이 아름답고 소중한 순간은 그것이 공간에 가득 찼을 때보다 밝음과 어둠이 함께 만들어지는 순간일 때가 많았다.

이야기를 잘 들어주는 친구를 닮은 어떤 전등은 테이블 옆에서 글을 쓰거나 책을 읽을 때 겸손하게 공간을 밝혀주었다. 또 어떤 전등은 너무 깊은 어둠이 두려울 때 작은 빛으로 소박한 온기를 침대 곁에 남겨주었다. 아무도 없을 때, 잠이 오지 않을 때, 적막한 어둠이 낯설 때 그는 항상 곁에 있었다. 또 어떤 전등은 식탁 위에서 겸손히 머리를 떨어뜨렸다. 그 빛으로 다른 사물에 그랬듯이 음식물에도 고유의 깊이를 만들어주었다. 조명은 식탁이 그저 열량을 빠르게 보충하는 충전소가 되지 않도록 애썼다. 그는 라면을 만드는 과정이 비록 인스턴트일지라도, 그것을 먹는 과정마저 인스턴트가 되지 않도록 우리를 사려 깊게 이끌었다. 그리고 어떤 전등은 함께 거주하는 우리를 대화하게 했고 그것으로 서로를 이해하게 했다.

얼마 전, 아내는 친한 친구의 이혼 소식에 적지 않

은 충격을 받은 것 같았다. 『알렉시』의 주인공처럼 동성의 연인이 생겼다는 이야기를 들은 건 아니지만, 게다가 이혼이 더 이상 특별한 일도 아니지만, 친한 친구라서 그랬을까, 그녀는 다른 때보다 친구의 일을 더 걱정했고 전보다 자주 결혼과 이혼에 대해 질문을 던졌다. 나 역시 그런 아내를 보며 사랑하던 사람과 헤어지는 사태에 대해 답 없는 질문을 던지곤 했다. 그리고 문득 아내의 친구 집에 있는 전등이 어떤 종류의 빛인지 궁금해졌다.

톨스토이는 행복한 사람들은 엇비슷한 이유로 행복하고 불행한 사람들은 제각기 다른 이유로 불행하다 했지만 나는 왠지 불행한 이유도 실은 다 엇비슷할 것 같다. 헤어지는 이들은 대개 성격이나 가정의 충실도 혹은 경제적 상황 등을 이유로 삼는다. 하지만 그런 이유는 원인이 아니라 결과 같았다. 성격 차이는, 상실된 신뢰감은, 가정에 무관심해진 배우자는 원인이 아니라 어떤 결과 같았다. 성격 차이와 신뢰감 상실 같은 결과를 만들어낸 원인은 대화의 부재나 이해의 포기 같은 것이 아니었을까. 그렇다면 우리는 결국 비슷비슷한 이유로 불행해진 걸지도 모른다.

어쩌면 색온도가 높은 형광등이 대화의 부재나 이해를 포기하는 데 어떤 역할을 했을지도 모른다. 산업화 시대 이후 산업 현장과 주거 공간에서 부단히 깜빡거리며 불을 밝혀준 형광등에게 모든 누명을 씌우고 싶은 생각은 없다. 하지만 우리는 종종 형광등의 색온도만큼 서로에게 차가웠던 게 아닐까. 마치 과다 노출된 사진처럼 밝은 빛으로만 채워진 공간에서 서로에게 어떤 깊이를 만들지 못한 것은 아니었을까. '깊이'를 강요할 생각은 없지만, 대개 어떤 '깊이'를 만들지 못하면 존재감이 생기지 않는다. 그리고 그 존재감은 빛보다 빛이 만들어낸 그림자에서 생긴다. 밝고 차가운 빛 아래 서로의 존재감이 조금씩 바래고 부재해 갔다. 한낮의 빛을 모방한 조명은 천장 가운데 매달려 균질한 방식으로 공간을 창백하게 비추었고, 우리와 사물은 고유의 존재감을 잃고 서로가 서로에게 밋밋해졌다. 그리고 밋밋해진 우리는 밋밋해진 만큼 서로를 이해할 필요도 느끼지 못하게 되었다.

물론 이혼은 빛의 문제라기보다 제도의 문제다. 제도로서 결혼은 점점 그 한계에 다다르고 있고 그것은 어쩌면 머지않아 옛 시대의 유물로 남을지도 모른다. 다만 그것과 별개로 같은 주거 공간에서 밥을 먹고 잠을 자고 함께 이불을 덮으며 추억을 회상하고 미래를 상상했던 어떤 사람과의 헤어짐이 단지 '이혼'의 문제는 아니다. 그것은 만남과 헤어짐에 대한 우리 태도의 문제다. 우리의 감정과 우리의 태도는 우리도 모르는 사이 빛에게 어떤 영향을 받고 있었을 것이다.

당연한 말이지만 색온도가 낮은 전등 아래에서 산다고 모두가 헤어지지 않고 행복한 것은 아니다. 그렇지만 '혼자가 되지는 않게 하는' 그런 빛이 있다면, 뱉어낸 말들이 조금은 덜 차가웠을지도 모른다. 다른 빛 아래 있었다고 떠나는 그녀를 잡을 수 있는 것은 아니었을 테지만, 그래도 떠나는 그녀를 잠시 주저하게 할 수 있지 않았을까. 그 빛으로 조금 덜 불행하거나, 더 행복해질 수도 있었다. 고기 냄새가 밴 각자의 하루를 끌고 집에 왔을 때 빛은 우리에게 어떤 역할을 했을까. 어떤 빛은 수술실의 그것처럼 이와 해를 가르며 서로의 감정을 더 날카롭고 차갑게 만들었다. 또 어떤 빛은 노을의 그것처럼 고단함을 어루만지고 날카로워진 감정을 조금은 무디게 만들었다. 또 어떤 빛은 당신이 주저하던 고백을 할 수 있게 용기를 줄지도 모른다. 그리고 어쩌면 우리는 낮은 색온도의 불빛 아래에서 더 잘 보기 위해 부단히 노력할지도 모른다.

Georges de La Tour,
La Madeleine à la veilleuse,
ca. 1640 – 1645.

조루주 드 라 투르의 작품 <작은 등
불 앞의 마리아 막달레나_La Madeleine à la veilleuse_>. 17세
기 프랑스 바로크시대 화가 조루주 드 라 투르는 인공
빛을 잘 활용한 화가로 유명하다. 카라바조로부터 빛
이 만드는 효과를 배운 그는 자신의 많은 작품에 빛
과 어둠의 극적 대비를 즐겨 표현했다. 어둠 속에 촛불
을 밝힌 마리아 막달레나가 앉아 있다. 한 손은 해골
위에 올려놓고 또 한 손은 턱을 괸 채 그녀는 골똘히
어떤 생각에 잠겨 있다. 화가는 해골, 십자가, 밧줄
등 허무 혹은 종교적 참회를 뜻하는 도상학圖像學
적 사물을 그려 넣었지만, 막달레나의 몸짓과 표정
은 그것과 무관하게 어떤 상념에 빠진 것 같다. 머리
를 잘 빗어 넘기고 반쯤 어깨를 드러낸 그녀는 사랑
에 빠진 것처럼 보인다. 며칠 전 보낸 편지의 답장
을 기다리는, 혹은 얼마 전 받은 편지에 대해 생각 중
인 한 여인처럼 보인다. 작은 촛불은 저 방을 밝히
기에는 너무 작고 어둡다. 그래서일까. 그녀의 이야
기가 궁금해진다. 도상학적으로 해석할 수 없는 수
많은 이야기와 사연이 그녀의 몸짓과 표정에, 그리

고 그녀의 어두운 공간에 담겨 있다. 그녀는 빛 속에 자신을 반쯤 드러내고 어둠 속에 반쯤 가려져 있다. 빛이 만들어낸 어둠의 공간에서 우리는 그녀를 상상하고 그녀의 이야기를 상상할 수 있다.

우리는 밝을 때 더 잘 볼 수 있다고 생각하지만 꼭 그렇지는 않다. 프랑스 백과전서파 일원인 드니 디드로는 중년의 나이에 소피 볼랑과 사랑에 빠진다. 디드로는 어둠 속에서 그녀에게 편지를 쓴다.

나는 보지도 못하고 편지를 써요.
당신을 사랑한다고 씁니다. 적어도 내가 쓰고 싶은 말입니다.
어둠 속에서 편지를 쓰는 일은 처음이라서,
내가 제대로 편지라는 걸 쓰고 있는 것인지 모르겠어요.
만약 편지에 아무것도 적혀있지 않거든,
"당신을 사랑합니다"라고 읽어주세요.

아직 전등이 없던 시대, 디드로는 어두운 방에서 희미한 불빛에 의지해 편지를 쓴다. 어쩌면 그 약한 불빛마저 이미 꺼졌는지 모른다. 어둠 속에서 한 번도 편지를 써본 적 없는 그는 편지에 정확히 무엇이 쓰이는지 잘 모른다. 환한 빛 아래 또박또박 분명한 필체로 '사랑합니다'라고 써야 했지만 어둠 속에서 더듬거리며 '사랑'을 쓴 그는 확신이 없다. 그는 말한다. 아무것도 적혀 있지 않거든 텅 빈 편지에서 '사랑'을 읽어 달라고. 그에게 사랑은 그가 '쓴 곳'이 아니라 그녀가 '읽는 곳'에 있다.

　　쓰고 싶은 말을 쓰지 못한 채 당신에게 건네진 편지. 그곳에 채 쓰지 못한 나의 문장을 읽어주기를 바라는 것. 쓰지 못했지만 당신은 읽어주고, 말하지 못했지만 당신은 들어주는 것. 당신이 쓰거나 말하지 못했지만 만약 내가 당신의 말을 읽거나 듣는다면, 우리는 그것을 사랑이라 말할 수 있지 않을까. 명확하게 들리는 것을 듣는 능력은 실은 능력이 아니다. 볼 수 있는 것을 보는 것은 '확인'이나 '점검' 그 이상 아무것도 아니다. 보이는 것만 보고 들리는 것만 듣는 일에는 사랑의 능력이 필요 없다. 만약 사랑이 보이지 않는 것을 보기 위해 노력하는 일에서 시작된다면, 그것은 빛이 너무 많은 공간이 아니라 조금은 부족한 곳에서 비롯되는 일이다.

　　그간 우리가 잘 볼 수 있던 것은 밝아서가 아니

었다. 어둠 때문이었다. 당신을 포기하지 않고 당신의 사랑을 읽어내기 위해 애쓴 건 약간의 어둠 속에서였다. 사려 깊게 보아야 보이는 어둠, 혹은 그런 빛 속에서 나는 당신을 잘 보기 위해 애쓴 것이다. 우리에게는 밝아서 보지 못했던 것들이 더 많았다. 언제나 눈부시게 떠 있지만 밝아서 보지 못했던 한낮의 별처럼, 말보다 때론 더 많은 것을 이야기하는 침묵처럼. 우리의 전등은, 그래서 밝아지기보다 어두워져야 한다.

사려 깊게 보아야 보이는 어둠,
혹은 그런 빛 속에서 나는 당신을
잘 보기 위해 애쓴 것이다.

당신만큼 낮아지는 곳

화장실

화장실, 엄밀히 말하자면 과거 '변소'는 우리 거주지에서 소외의 대상이었다. 변소는 본체와 적당한 거리를 두고 지어져야 했고 숨겨져야 했다. 가장 근원적인 욕구를 해결하는 공간이지만 변소는 부끄러운 곳이었고 은폐되는 공간이었다. 그 공간이 이제 목욕 공간과 함께 실내로 이동했다. 이는 분명 쾌적하고 편리한 변화였지만 동시에 내게 어떤 상실감을 주기도 했다.

그곳은 온전히 혼자 있을 수 있는 공간이었다. 문을 걸어 잠그고 있어도 누구도 뭐라고 하지 못하는 유일한 공간. 그러니까 그곳은 최후의 도피처 같은 공간이었다. 어릴 적, 그곳에 종종 숨어들곤 했다. 재래식 변소라고 해서 관리되지 않는 옛 학교의 화장실이나 공중변소처럼 지저분하고 무서운 공간은 아니었다. 내용물을 자주 비우고 부지런히 물청소한 변소는 쾌적하다고 말하기는 어려워도, 더러운 공간은 아니었다. 늦은 밤이나 새벽, 생리 작용 때문에 마당에 나가면 달빛 받은 변소의 모습이 어딘가 고적해 보였다. 웅크린 변소는 쇠락한 항구에 떠 있는 낡은 어선처럼 쓸쓸히 잠들어 있었다.

내가 아직 한 자리 숫자의 나이였을 때다. 막 새 학기를 시작한 학교에서 검은 띠를 맨 아이에게 맞고 온 어느 날, 나는 어머니에게 태권도를 배우게 해달라고 졸랐다. 다른 때 같으면 들은 척도 안 하셨을 테지만, 터진 입술과 멍든 눈을 외면할 수 없었는지 어머니는 나를 데리고 재래시장 어귀의 태권도 도장에 갔다. 다양한 색의 띠를 맨 아이들이 방방 뛰며 킥미트를 경쾌하게 때리고 있었다. 팝콘처럼 경쾌하게 터지는 아이들 발차기 소리를 배경 삼아 어머니는 사범의 오랜 설명을 말없이 들으셨다. 사범의 긴 서사는 강습료와 도복 등의 비용을 말하는 것으로 마무리되었다. 아이들의 구령과 발차기 소리는 사범의 눈빛과 함께 어머니를 재촉했다. 침묵하던 어머니는 다음에 다시 오겠다며 도장을 나섰다. 어느새 날이 어둑해졌다. 백열전구를 환하게 밝힌 분주한 시장을 가로질러 어머니와 나는 손을 잡고 말없이 집으로 돌아왔다. 펄럭이는 흰 도복을 입고 도장을 다니는 일이 우리 집 형편에 허황된 소망이라는 것을 모르지 않던 나는 아무 말도 하지 않았다.

그날 밤, 뒤척이다 잠에서 깼다. 심하게 부어오른 눈 주위가 욱신거려서일 수도 있고 배가 아파서일 수도 있다. 곤히 잠들어 있는 형을 타 넘고 조심스럽게 방문과 현관문을 열고 마당에 나갔다. 마당 구석의 변소는 달빛 아래 조용히 웅크리고 앉아 있었다. 밤하늘은 맑았고 소소한 봄바람이 기분 좋게 머무는 밤이었다. 그 달빛과 봄바람이 가득한 변소에서 나는 울고 말았다. 검은 띠에게 맞을 때도, 절뚝이며 집에 돌아올 때도, 어머니를 조를 때도, 그리고 성과 없이 도장을 나설 때도 나오지 않던 울음이 터져 나왔다. 울려고 변소에 간 건 아니었지만 터지는 울음을 주체할 수 없었다.

몸에 존재하는 여러 개폐구에서 다양한 혼합 물질이 분출되는 기묘하고 난감한 상황이었지만, 아무튼 나는 서럽게 쏟아져 나오는 울음을 포함한 그 모든 것을 참을 수 없었다. 쪼그려 앉은 채, 자연스럽게 모인 두 손으로 눈물을 닦으며, 오랫동안 소리 내어 울었다.

그 변소는 어느새 조용히 사라졌다. 새로운 것을 찬양하는 사이 남모르게 사라진 사물과 공간이 흔히 그렇듯, 그 존재는 내게서 재빨리 잊혀졌다. 게다가 그곳은 대단히 큰 미련이 남을 만한 공간이 아니었다. 그럼에도 그 허름한 공간이 문득 떠오르는 순간이 있다. 그곳에서 온전히 혼자일 수 있었고 무력할 수 있었기 때문일까. 후일 그 옛집 마당의 재래식 변소를 없애고 본채 안에 화장실을 만들었을 때, 한겨울 추위에 떨며 볼일 보지 않아도 되는 기쁨과 화장실에 잔여물을 남기지 않는 쾌적함에 감동했지만, 온전히 혼자 있을 수 있고 맘껏 슬퍼할 수 있는 공간이 사라진 것 같아 허전한 마음이 들기도 했다.

그렇게 화장실은 내게 특별한 의미를 갖는 공간

이 되었다. 이제 화장실 시스템과 오수 처리 방식은 예전과 많이 달라졌지만 그곳은 여전히 내게 여러 면에서 가장 근원적인 공간으로 남아 있다. 그래서일까, 화장실만큼은 조금 특별하게 수리하고 싶었다. 그렇다고 일부러 쭈그려 앉는 화변기를 설치하고 코앞에 강력한 나프탈렌을 걸어 놓을 수는 없는 노릇이었다. 그곳을 꼭 옛 방식으로 구현할 필요는 없었다. 단지, 가장 원초적인 공간에서만큼은 가장 근원적인 감정과 행동이 부끄러움과 수치스러움으로 환원되지 않기를 바랐다.

문을 걸어 잠그고 있어도 누구도 뭐라고 하지 못하는 유일한 공간. 그러니까 그곳은 최후의 도피처 같은 공간이었다.

당신만큼 낮아지는 곳

Pierre Bonnard,
Nude in Bathtub,
ca. 1941 – 1946.

욕조에 잠긴 한 여인이 있다. 그녀는 팔다리를 길게 늘어뜨린 채 욕조에 잠겨 있다. 그녀 곁에 있는 강아지 때문일까, 길게 늘어진 팔다리 때문일까. 그녀는 느긋해 보인다. 화려한 색과 다양한 패턴의 타일에 둘러쌓인 그녀는 마치 꿈속에 머물 듯, 욕조 안에 잠겨 있다.

'최후의 인상주의 화가'라 불리는 피에르 보나르의 아내 마르트. 그녀는 평생 강박증, 결벽증, 심신증, 신경쇠약 등의 정신 질환을 앓았다. 그녀는 목욕을 자주 했고 욕조에 잠겨 있기를 좋아했다. "마르트는 섬세하고도 감각적인 손길로 몇 시간이고 계속해서 비누 거품을 바르고, 몸을 문지르고, 마사지를 해야 직성이 풀렸다. (…) 그녀가 원한 유일한 사치는 수돗물이 콸콸 나오는 욕실이었다"라는 마르트 친지의 말처럼, 그녀에게 목욕은 단순히 씻는 행위를 넘어 특별한 의미를 가졌다. 아마 그녀에게 목욕은 자신의 결벽과 강박을, 고통과 상처를 견디거나 위로하는 행위였을 것이다. 그리고 그런 그녀를 보나르는 즐겨 그렸다. 그가 아내를 대상으로 그린 작품은 무려 385점에 달하고 그중 다수가 목욕하는 그림이다. 심지어 마르트가 죽고 나서 5년이 지났는데도 그는 목욕하는 그녀를 그리고 또 그렸다. 그는 마르트를 그리지 않고는 견디지 못했던 것일까.

마르트에게 욕실은 상처와 아픔을 견디며 위안을 얻는 공간이었다. 그리고 보나르에게 그곳은 사랑하는 사람의 상처가 예술이 되는 순간을 경험하고 창조하는 공간이었다. 보나르가 섬세하게 묘사한 욕실이 마치 빛이 투과된 성당의 스테인드글라스처럼 보이는 것은 우연일까. 그녀와 그에게 욕실은 다른 곳 어디보다 성스러운 공간이었다.

몇 년 전, 나와 아내는 생애 최초로 우리 소유의 공간을 마련했다. 스무 살이 훌쩍 넘는 아파트였고 화장실은 그보다 십 년은 더 나이를 먹은 것 같았다. 매일 온 가족의 모든 것을 씻겨주고 받아내었을 이 공간이 다른 공간보다 더 고생했을 것이라는 사실을 짐작하기는 어렵지 않았다. 오랜 세월은 세정제만으로 제거되지 않는 제 무늬를 욕실 구석구석 새겨 놓았고 군데군데 떨어진 타일은 투명 테이프로 대충 붙여져 있었다. 화장실은 대대적으로 리뉴얼해야 했다. 고급스럽거나 화려한 느낌보다는 단정하고 느긋한 분위기로 수리하고 싶었다. 이런저런 상념에 빠져도 괜찮은 공간, 너무 급하지 않아도 되는 공간으로 수리하고 싶었다. 국민 주택 규모 아파트의 좁은 화장실에 너무 많은 요구와 기대를 하는 것인지 모르겠지만, 이곳만큼은 온전히 혼자가 되는 공간으로 만들고 싶었다.

조금 독특한 취향일지는 모르겠지만 '완전히' 혼자 있고 싶을 땐, 뚜껑 덮인 양변기에 앉아 책을 읽거나 노래 한두 곡을 듣고는 했다. 때론 샤워를 하며 다른 곳에서보다 조금 더 많이 슬퍼할 수 있었다. 이렇듯 화장실은 어릴 때와 다른 방식으로 내 안의 근원적인 감정들을 여타 다른 것들과 함께 마음껏 외부로 표출할 수 있는 공간이어야 했다. 그런데 그런 화장실에 최대의 적이 나타났다. 그것은 다름 아닌 아내. 아내가 샤워한 후에 화장실은 언제나 태풍이 지나간 바다 마을처럼 폐허가 되었다.

걸어놓은 휴지는 물론이고 꽂아놓은 책들 역시 푹 젖는 불상사가 발생했다. 퉁퉁 불은 책을 볼 때면 내 가슴도 불어터지곤 했다. 화장실에 책을 두고 나온 것은 내 잘못이었다. 하지만 왜 굳이 화장실 문에까지 물살을 휘날리는지 이해할 수 없었다. 불가사의하게 화장실 모든 곳에 빠짐없이 물이 튀었다. 마치 일부러 구석구석 물청소라도 한 것처럼 모든 영역이 물에 젖었다. 때론 주의도 주고, 애원도 했다. 아내도 나의 책망과 애원을 순순히 받아들였다. 그러나 다짐과 달리 그녀가 샤워한 후엔 언제나 화장실이 물바다가 되었다. 방법은 하나. 샤워 커튼을 달았다. 그리고 더 근본적인 조치를 위해 화장실을 건식으로 사용하겠노라고 엄숙하게 선언했다. 화장실 청소를 내가 담당한다는 조건 아래 아내는 동의. 뭔가 당한 느낌이 들었지만, 나는 휘파람을 불며 바닥에 폭신한 러그를 깔고 책도 몇 권 쌓아놓았다. 아늑한 거실인 양 좋아했다. 러그에 앉아 책 읽으며 커피라도 마실 태세였다. 기회가 된다면 하룻밤 숙박도 시도해보고 싶었다. 아내의 물 튀김은 샤워 커튼으로 완벽히 봉쇄한 건식 화장실로 경이롭게 해결되었다.

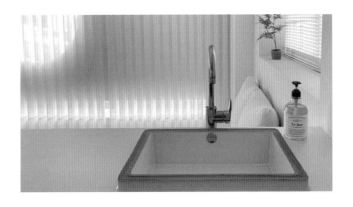

하지만 한 가지 문제에 봉착했다. 건식으로 바꾸며 앉아서 소변을 봐야 했다. 건식 문화에서 자란 남자에게는 '좌식 소변 문화'가 당연하게 받아들여질지 모르겠지만, 건식 문화는커녕 '뒷간 문화'에서 자란 내게 소변을 앉아서 본다는 건 솔직히 어색하고 부끄러운 일이었다. 소변만 보고 일어설 때마다, 무언가 할 일이 더 남은 것처럼 어딘가 항상 미진했다. 아니면 허전했다고 해야 할까.

　　우리는 미세한 높이와 시야의 변화만으로도 꽤 큰 감각적 경험을 하곤 한다. 가령, 발꿈치를 살짝만 높이거나 무릎을 살짝만 구부려도 공간의 느낌과 밀도가 달라짐을 알 수 있다. 앉아서 '작은 일'을 볼 때 '큰 일'을 볼 때는 느끼지 못하던 감각과 감정을 느낄 수 있었다. 일어선 채 '작은 일'을 볼 땐 우선 '집중'해야 했고 그 시간도 대체로 짧았다. 반면 '큰 일'을 볼 때는 집중할 필요 없이 핸드폰이든 책이든 항상 무엇인가를 읽었다. 마찬가지로 앉아서 '작은 일'을 볼 때도 딱히 '집중'할 필요가 없었다. 무엇인가 읽기에도 너무 짧은 진공 같은 시간이었다. 길지도 짧지도 않은 시간 동안 그저 멍하니 볼일을 볼 뿐이었다.

　　그런데 여느 날처럼 멍하니 앉아 볼일을 보던 어느 날, 우연히 길게 늘어진 것이 눈에 들어왔다. 그것은 다름 아닌 무심히 쳐 있던 샤워 커튼. 서 있을 땐 몰랐는데 앉아서 로 앵글로 보니 길게 그어진 세로줄 패턴의 샤워 커튼이 육중하고 답답하게 느껴졌다. 어릴 적 겪은 트라우마로 인해 물을 무서워하는 아내. 숲이나 산에선 언제나 나비나 노루처럼 뛰어다녔지만 바다나 수영장에 가면 물 언저리를 슬금슬금 배회하는 그녀. 혹시 아내는 샤워하면서 물에 대한 트라우마를 해소했던 게 아니었을까. 정신없이 샤워기를 흔들어대며 감행한 일종의 광란의 퍼포먼스는 혹시 오랜 내면의 상처를 극복하기 위한 처절한 자기 치유의 몸부림이 아니었을까. 보나르의 아내 마르트가 자신의 방식으로 견뎌냈듯이 아내 역시 가장 깊은 곳에 숨겨진 어떤 상처에 제 방식대로 맞섰던 것은 아닐까. 사방에 물이 튄 흔적이나 양으로 봐선 충분히 그럴 법했다. 그런 그녀를 내가 철창 같은 샤워 커튼 속에 가두었을지도 모른다는 생각이 들었다. 혹시 아내는 사방이 막힌 커튼 속에서 사정없이 떨어지는 물줄기를 맞으며 어릴 적 물에 빠졌을 때처럼 심히 답답해하고 무서워하던 게 아니었을까. 잠시 낮게 앉아 있던 내게 서 있을 때는 느낄 수 없던 감각이 환기되었고, 가져본 적 없는 생각과 감정이 들었다.

정말 상처 치유 과정으로서의 샤워였는지, 커튼이

너무나 답답했던 것인지는 아내에게 직접 물어보지 않아서 알 수 없다. 설사 물어본다 한들 무의식 영역에서 실행된 자신의 행동을 그녀는 인정하지 않을 것이다. 그래도 언젠가는 아내에게 조심스럽게 물어봐야겠다. "샤워 커튼 없앨까?"라고. 물론 "무슨 소리야?"라고 대답하겠지만.

아내의 깊은 마음이 어떤지 영원히 알 수 없을지도 모른다. 다만, 화장실이 내게 아늑하고 차분한 공간일 수 있지만, 아내에게는 치유의 퍼포먼스를 벌이는 공간일 수도 있다는 것을 이제 알게 되었다. 평소와 다른 높이에 앉아보았기에 다른 시선을 가질 수 있었다는 것을 알게 되었다.

자신의 방식으로 슬픔을 위로하고 상처를 보듬는 가장 원초적이고 근원적인 공간. 온전히 혼자서 그 상처와 슬픔 앞에 마주 서는 공간. 가만히 앉아 있거나 광란의 퍼포먼스를 감행하며 자신의 상처와 슬픔 아래 남몰래 밑줄 긋는 공간. 화장실은 그런 곳이다. 생리적인 욕구desire를 처리하는 장소를 넘어 심리적인 요구needs를 처리하는 곳이다.

잘 구워진 위안

주방

만약 '인간적인, 너무나 인간적인' 것(행위)을 하나
만 고른다면 그것은 무엇일까. 직립 보행일까? 도구 혹은 언
어의 사용일까? 그것도 아니면 사랑일까? 인간이 아니어
도 몇몇 동물은 종종 두 발로 다니고 도구를 사용하고 의사
소통하며, 때론 (인간과 똑같은 성질은 아닐지라도) 사랑이라 불
러도 무방한 감정을 느끼고 행동한다. 하지만 요리하는 동물
은 없다.

다른 동물에게 발현하지 않는 '요리 본능'이 사피
엔스에게 중요한 행위가 된 최초의 이유는 아마 음식물을 효

잘 구워진 위안

율적으로 섭취하고 소화시키기 위해서였겠지만 어느 순간부터는 그것만을 위해 요리하지 않았던 것 같다. 언제부턴가 우리는 요리하는 일의 즐거움을 알았고 맛있게 먹는 일과 맛있게 먹는 사람을 보는 일의 행복을 알게 되었다. 미슐랭 가이드에 기재된 요리사부터 분식집 아주머니, 아내나 남편, 어머니나 아버지까지 요리하는 사람의 마음은 모두 같다. 맛있게 먹는 사람을 보는 즐거움 때문에, 그리고 음식을 먹는 이가 '잘' 살아가기를 바라는 마음에서 우리는 그 번거로운 일을 한다.

어린 시절의 주방, 그러니까 어머니의 부엌은 소리로 존재했다. 해가 저물 무렵이면 일정한 리듬으로 들려오는 도마질 소리. 먼 곳에서 보내는 타전처럼, 열대우림 어느 부족의 타악기 연주처럼 들려오는 소리. 그것을 '음식 소리'라고 하면 말이 될까. 음식에 냄새가 있듯 소리가 있다면 그것은 파나 마늘, 삼겹살이 내지르는 비명이 아니라 도마질 소리다. 음식은 언제나 오후의 나른한 공기를 매질 삼아 소리로 먼저 왔고 뒤이어 냄새로 찾아왔다. 보통은 식재료를 먼저 다듬은 후에 조리하거나 끓이기 때문에 소리는 냄새보다 앞섰다. 위와 장이 수축 운동을 하고 꼬르륵 소리를 내며 '음식 소리'에 먼저 반응했고, 잠시 뒤 찾아온 냄새에 요동쳤다. 콤콤하거나 구수하거나 때론 달착지근한 냄새들은 소리보다 늦게 도착했지만 대신 소리보다 더 강하게 집 안을 지배하며 떠다녔다. 음식 냄새가 허기를 자극하고 공복을 선명히 확인시켰다면, 음식 소리는 이제 곧 무엇인가 먹을 수 있다는 어떤 심리적 안도감을 주었다.

　　어머니가 식사 준비 중인 틈을 타 만화 영화에 집중하던 나는 참지 못하고 음식 소리와 냄새에 이끌려 그 근원지인 부엌에 슬쩍 가보곤 했다. 부엌은 (지하실을 제외하고) 집에서 유일하게 움푹 들어간 공간이었다. 마루에서 1.5미터쯤 아래에 만들어진 부엌은 한눈에 조망할 수 있었다. 하늘빛 타일이 깔린 습식 재래식 부엌에서 어머니는 등을 둥글게 말고 쭈그려 앉아 무엇인가 닦고 계시거나, 바닥과 같은 색깔의 타일이 발린 조리대 위에서 음식을 준비하고 계셨다. 조리대 한쪽에는 석유곤로(풍로)가 있고 맞은편에는 안방 바닥에 연탄을 넣는 아궁이가 있었다. 마루에서 부엌으로 내려갈 때마다 그 아궁이 옆 좁은 공간을 아슬아슬 딛어야만 했다. 지금 생각해보면 재래식 부엌은 가사 노동의 주체를 가장 소외한 공간이었다. 하루에도 수십 번씩 들락거려야 하는 부엌은 보통 키가 작은 주부들의 안전이나 신체에 누적되는 피로를 고려하지 않고 만들어졌다. 바닥 난방을 위해 어쩔 수 없이 방보다 낮게 설계한 것일지도 모르지만, 가사 노동의 고단함이나 편의를 전혀 고려하지 않은 설계라는 사실은 부인할 수 없다.

그곳에서 어머니는 쌀을 불리고 밥을 짓고 찌개를 끓이고 음식을 조리하셨다. 돌이켜 생각해보면, 나는 절망적인 허기와 서글픈 주림을 경험한 적이 없다. 일단 국가적인 가난을 겪은 세대가 아니었다. 하지만 제대로 못 먹고 지내는 사람이 여전히 존재함을 고려하자면, 어린 시절 서글픈 허기의 부재가 그저 당연하기만 한 일은 아니었다. 공짜로 주는 것 없는 세상에서 생활비를 가져와 본 적 없는 남편을 만나, 나와 형을 먹이고 살찌우고 키운 어머니의 마땅한 일이 사실 마땅하기만 한 일은 아니었던 것이다. 우리를 먹이기 위해 어머니는 때론 누군가에게 아쉬운 소리를 했을 것이고, 때론 모진 소리를 들었을 것이고, 때론 굽

신거렸을 터였다. 그러나 자세한 사정을 알 리 없는 나는 맛있게 차려진 밥상을 마주할 때마다 때가 되면 바뀌는 신호등 신호처럼, 봄이 되면 피어나는 꽃처럼 그저 당연하게 여길 뿐이었다.

짜고 압축적인 고탄수화물 식단으로 내 통통한 팔다리가 어느새 길고 탄탄하게 자랐고 목소리도 굵어졌다. 밥상은 단 하루도, 단 한 끼도 끊이지 않았다. 물론 어머니가 안 계실 때는 스스로 찾아 먹어야 했지만, 먹을 것이 없어서 못 먹는 경우는 없었다. 제철 토마토나 귤 같은 채소·과일 외에 과자 같은 간식을 자주 먹기는 힘들었지만, 밥때가 되면 우리는 작은 입으로 성실히 밥을 먹을 수 있었다. 그것으로 내 뼈와 근육을 키웠고 장기의 길이를 늘였고 전두엽의 용적량을 늘렸다. 그리고 늘어난 용적량만큼 세상과 타인에 대해 생각할 수 있었다.

누군가의 식욕과 그가 가진 모든 것, 가령 손가락, 허벅지, 위와 대장, 뇌의 발육을 하루도 빠짐없이 '담당'하는 일은, 아니 '감당'하는 일은 거칠고 삭막했을 것이다. 어

절 구워진 위안

머니는 그런 일을 하셨다. 허나 그것을 알 리 없는 내게는
먹는 것만이 중요했다. 먹이는 일은 생각해본 적이 없었다.
그저 먹고, 먹고, 또 먹었을 뿐이었다.

맛있게 먹는 사람을 보는 즐거움 때문에,
그리고 음식을 먹는 이가 '잘' 살아가기를 바라는
마음에서 우리는 그 번거로운 일을 한다.

Vincent van Gogh, *The Potato Eaters*, 1885.

낮고 흐린 램프 아래 작은 식탁이 있는 어느 농부의 집. 할아버지, 할머니, 엄마, 아빠, 그리고 딸로 추측되는 그들은 찐 감자와 커피 한 잔으로 하루를 마감하고 있다. 고흐가 말했듯이 그들은 땅을 판 그 손으로 식사를 한다. 노동과 먹는 일이 분리되지 않는 그들은 일한 만큼 먹고, 먹은 만큼 일한다. 농부들의 거칠고 정직한 손은 가장 근본적인 인간 행위인 노동과 먹는 일 사이를 관통한다. 고흐는 이 두 가지 일, 노동과 먹는 일 외 우리 삶의 모든 일은 아무것도 아닐지 모른다는 말이 하고 싶었던 것일까. 우리는 배고파서 먹고, 기뻐서 먹고, 행복해서 먹고, 축하하기 위해 먹고, 불행해서 먹고, 외로워서 먹고, 슬퍼서 먹고, 그저 때 돼서 먹는다. 모든 사람은 예외 없이 무엇인가를 먹는 기관이다. 음식을 만들고 먹는 일은, 우리가 매일 살아가는 것처럼 특별한 일이 아니지만, 실은 우리 삶의 가장 근원적이고 특별한 일이기도 하다. 그런 의미에서 주방과 식탁은 잘 조리된 음식과 함께 잘 구워진 삶을 내어놓는 곳이다.

'먹는 일'이 아닌 '먹이는 일'에 대해 생각하게 된 건, 빵을 만들기로 결심하고 나서다. 음식을 만드는 일에 어떤 관심도 재주도 없던 내가 맛있는 식사 빵을 만들어보고 싶었던 건 단지 직접 만든 빵을 맛있게 먹는 아내의 모습이 보고 싶었기 때문이다. 저렴한 오븐을 사서 빵을 구워보았다. 모든 배움의 첫길이 언어를 아는 것이듯 빵을 만들 때도 언어를 익히는 일이 먼저였다. 강력분, 중력분, 박력분, 이스트, 1차 발효, 2차 발효, 글루텐, 천연발효종, 샤워종 등 새로운 언어로 구성된 새로운 세상이 펼쳐졌다. 처음에는 반죽도 발효도 굽기도 의도한 대로 되지 않았지만 실패를 몇 번 거듭하고 드디어 미각적으로, 그리고 조형적으로 빵이라 지칭해도 큰 무리가 없는 빵을 만들게 되었다. 점차 다양한 스타일의 빵을 시도했다. 통밀빵, 호밀빵, 우리밀 빵, 각종 곡류 첨가 빵, 식빵, 자연발효 빵, 무반죽 빵까지, 만들 수 있는 식사 빵은 다 만들어볼 작정이었다. 문제는 시간이었다. 땀 흘리며 반죽을 치댈 때마다, 발효 통에서 액체괴물처럼 맥없이 흘러내리는 반죽을 볼 때마다, 그리고 옆구리가 사정없이 터진 빵을 마주할 때마다, 몇천 원이면 잘빠진 캉파뉴를 빵집에서 손쉽게 가져올 수 있다는 사실이 떠올랐다.

하지만 잘빠진 빵 외의 것들, 그러니까 살 수 있는 것이 아니라 살 수 없는 것들 때문에 빵을 만들어서 먹었다. 그것은 바로 빵을 만드는 수고와 오랜 시간이었다. 빵을 만들 때 오는 다양한 기대감, 가령 완성될 빵의 모양과 맛에 대해, 그 빵을 맛있게 먹을 사람에 대해 상상해보는 기회는 이런 수고와 시간을 들이지 않으면 얻을 수 없는 것이었다. 빵을 만들 때 '쓴' 수고와 시간이라는 비용이 바로 내가 '산' 가치들이었다. 그러니 '빵을 만들 때 쓴 수고와 시간'이라는 표현은 '빵을 만들 때 산 수고와 시간'이라고 수정해야 맞다. 그리고 그 수고와 시간이 담긴 빵이나 요리에는 도무지 돈으로는 구할 수 없는 것들이 담겼다.

다음은 레이먼드 카버의 소설 「별것 아닌 것 같지만, 도움이 되는」에 담긴 이야기다. 한 여자가 있다. 그녀는 일주일 후면 여덟 살이 되는 아들의 생일을 위해 제과점에서 케이크를 주문한다. 하얗게 뿌려 놓은 별들 아래 우주선이 설치된 발사대와 행성 하나가 그려진 예쁜 초콜릿 케이크다. 하지만 그 생일 케이크에 초가 채 켜지기 전에 아이는 뺑소니 사고를 당하고 만다. 곧 좋아질 거라는 의사의 진단과 위로와 달리 아이는 결국 다시 깨어나지 못한다. 그녀는 당연하게도 주문한 케이크 따위에 신경 쓸 겨를이 없다. 그러나 그런 사정을 알 리 없는 빵집 주인은 그녀의 남편과 그녀에게 전화해 화를 낸다. 뒤늦게 케이크를 주문한 사실을 떠올린 그녀는 빵집 주인을 찾아간다. 그녀는 아들이 차에 치여 죽었다고 소리치며 울부짖는다. 사정을 몰랐던 빵집 주인은 그녀에게 용서를 구한다. 그리고 그녀에게 "이럴 때 뭘 좀 먹는 일이 별것 아닌 것 같지만 도움이 될 거"라며 커피와 함께 갓 구운 계피 롤빵 하나를 건넨다. 한동안 제대로 먹지 못한 부부는 갑자기 허기를 느낀다. 그들은 그가 건넨 검은 빵을 먹는다. 햇살이 환히 비치는 이른 아침까지 이야기를 나누지만 떠날 생각이 없다. 그들은 빵과 빛이 있는 그 자리에 오래 머문다.

어떤 것으로도 위로되지 않는 일이 있다. 그녀가 당한 일은 그런 종류의 일이다. 계피 롤빵 하나가 아들을 잃은 그녀에게 대단한 위로가 되었을 리 없다. 하지만 투박한 빵집 주인의 진의가 담긴 롤빵 몇 개가 그들의 슬픔 몇 개를 잠시 잊게 해줄 수도 있다. 달콤한 맛, 부드러운 촉감, 고소한 냄새가 풍기는 그것으로, 제빵사의 수고와 시간이 담긴 잘 구워진 그것으로, 그들은 그들을 지배하는 고통과 슬픔으로부터 잠시, 아주 잠시 벗어날 수 있었다.

음식을 만들고 먹는 일은 그런 일이다. 누군가의 수고와 시간이 담긴, 그래서 어떤 진의가 담긴 음식을 먹는 일은 그렇게 사소하지만 소중한 일이다. 그래서 외롭거나 삶이 고될수록 수고로운 요리를 하고 그것을 먹는 일이 필요하다. 혼자 먹든 함께 먹든, 정성스럽게 만든 요리와 그것을 천천히 내 몸에 넣는 과정으로 나와 당신은 별거 아니지만 작은 위안을 받는다. 그런 의미에서 주방과 식탁은 음식을 만들고 차려 놓는 곳이면서, 다시 따뜻한 김이 나는 삶과 잘 구워진 위안을 만들고 내어놓는 곳이다. 그것을 고흐와 카버는 알고 있었다.

　　우리와 당신을 먹여 살린 음식들이 거쳐간 어머니의 대장에 제어하기 힘든 특이 세포가 자란 건 몇 년 전이었다. 암세포가 장을 막았고 음식물이 더 이상 그곳을 통과할 수 없는 지경에 이르렀다. 어머니는 불행 중 다행으로 대장암 2기로 판명되었고, 곧장 수술실로 들어가셨다. 여섯 시간의 수술이 끝난 뒤 집도의는 보호자를 불렀다. 수술실과 대기실 사이의 공간에서 담당 의사는 갓난아이를 내보이듯 흰 천에 싸인 어머니의 잘린 상행결장을 조심스럽게 꺼냈다. 의사는 메스로 암세포가 증식한 부위의 단면을 잘라 보여주었다. 불에 탄 것처럼 그을려 보이는 검은 종양 덩어리는 그리 크지 않았지만, 전이가 염려되어 잘라낸 어머니의 장기는 아이의 팔뚝만 했다. 조금 전까지 어머니의 뱃속에 다른 장기와 함께 있던, 매끈하면서 누리끼리한 그것에는 아직 온기가 남아 있었다. 누군가의 장기 일부분을, 그것도 어머니의 그것을 마주하는 일은 잔혹하고 서글펐다. 그렇지만 어머니의 삶을 가시적으로, 그리고 압축적으로 보는 것 같았다. 잘린 그것은 어머니가 제 몸속에 품어둔 고단한 삶의 풍경이었다. 어머니를 단 한 번도 제대로 바라본 적 없는 아들은 그제야 비로소, 현현한 장기를 통해 어머니의 풍경을, 어머니의 아픔을 조금은, 아주 조금은 이해할 수 있을 것 같았다.

그렇게 슬픈 날엔 빵을 구웠다. 그런 날에 완성되는 빵들은 죄 건조하고 딱딱했지만, 포근하고 구수한 냄새가 조금씩 집 안을 채웠다. 그제야 우리가 한동안 아무것도 먹지 못했다는 사실을 깨달았다. 낮은 등의 작은 불빛이 번진 식탁 위에 따뜻한 빵과 잼을 놓았다. 아내와 나는 빵에 잼을 발라 한동안 아무 말 없이 먹었다. 시큼하면서 고소한, 그리고 잼으로 달콤해진 빵을 천천히 씹었다. 그것으로 우리는 조금은 밝아질 수 있었을까. 날이 밝으면 우리는 다시 슬퍼하고 상심하겠지만, 빵을 맛보는 순간, 그 순간만큼은 잠시 평온할 수 있었다. 확실히는 모르겠다. 다만 그러기를 바랐다.

순수 박물관[12]

창고

대학생 때였다. 우리 가족이 드디어 20년 넘게 살던 집을 떠났다. 다락, 창고, 광 등 여러 공간에 오랫동안 뒤죽박죽 엉켜 있던 궁색한 세간들이 쏟아져 나왔다. 몇 년, 혹은 몇십 년 동안 어둠 속에 놓여 있던 사물들이었다. 운 좋은 물건 몇몇은 소유자 손에 이끌려 세상을 구경할 기회가 종종 있었지만 대다수의 물건은 먼지를 덮은 채 끝없는 잠을 자야 했다. 어둠 속으로 들어간 사물은 좀처럼 밖으로 나오지 못했다.

[12] "순수 박물관"은 오르한 파묵 소설의 제목이다.

형식상의 가장이던 아버지 대신 부지런히 벌어야 했던 어머니가 두 아들을 돌보며, 수많은 세간들까지 신경 쓸 겨를은 없었을 터다. 다만 내가 불만을 가졌던 건 '도대체 왜 버리지 않는가' 하는 점이었다. 낡고 해져, 이제 사용 가치가 거의 없어진 물건들은 좀 버렸으면 싶었다. 나일론이나 합성수지, 합판이나 스테인리스강으로 만들어진 그것들은 오래 두어도 자산 가치가 늘지 않을 터였다. 그리고 곧 좁은 아파트로 이사하는 우리가 더 이상 끌어안을 수 없는 물건들이었다. 어머니는 그것들을 어떻게든 챙기려 하셨고 나는 어떻게든 버리려 했다. 평생 먹어온 것을 모두 토해낸 듯 마당에 게워낸 사물들 사이에서 어머니와 나는 작은 실랑이를 벌였다.

마당에 쌓인 적지 않은 물건들은 결국 물리적인 이유로 우리와 함께 오지 못했다. 단독 주택에서 누리던 공간의 자유를 전용 면적 84제곱미터 이하의 공동 주택에서 동일하게 누릴 수는 없었다. 그래도 사람에게는 어떻게든 사물과 뒤엉켜 살아가는 능력이 있는 건지 좁은 아파트는 대식가의 위처럼 생각보다 많은 물건을 담아냈다. 우리 가족이 점유한 공간은 전보다 좁아졌지만 나름대로 유연히 대처되었다. 가령, 두 아들이 순차로 군에 입대했을 때는 빈 방이 자연스럽게 창고나 다락 역할을 맡았다. 첫 휴가를 나온 어느 날 쓰지 않는 세간과 정체불명의 박스가 내 방에 놓여 있는 것을 목격하고 어떤 불길한 징후를 감지했다. 짐작대로 제대를 앞뒀을 때쯤엔 박스와 수납함이 침대 위까지 점령한 모습을 목도하고 말았다.

독립하여 집을 떠나자 내 방은 창고라는 정체성이 더욱 분명해졌다. 가끔 부모님 집을 방문할 때면 나는 거실에 머물렀다. 한때 내게 속했지만 어느덧 각종 사물로 가득해진 그 방에는 들어갈 일이 거의 없었다. 물건들이 빽빽하게 차 있어서이기도 했지만, 무엇보다 새것에 정신 팔린 내게 옛것까지 신경 쓸 여유가 없었다. 그러던 어느 날, 무엇인가를 찾으러 그 방에 조심스럽게 들어갔다. 가장 먼저 나를 반긴 건 낡은 사물들에게서 나는 냄새였다. 챙겨가지 않은 오래된 졸업 앨범과 사진첩과 책들이 뱉어내는 아늑하고 눅눅한 냄새가, 카세트테이프와 엘피와 비디오테이프에서 나는 비릿한 냄새가 작은 공간에 가득했다. 나는 막상 찾아야 할 것이 무엇인지 잊은 채 잠들어 있던 사물들을 하나 둘씩 꺼내기 시작했다.

오래된 사진첩과 졸업 앨범, 먼지 쌓이고 바랜 만화책을 꺼내보았다. 카세트 플레이어에 전원을 넣고 늘어진 카세트테이프를 들어도 보았다. 우스꽝스럽게 생긴 비디오 비전에 VHS 테이프를 넣어보기도 했다. 사물들을 하나씩 만지고 보고 냄새 맡는 순간, 그 방엔 엎드려서 『보물섬』을 읽던 여덟 살의 내가, 온종일 방에서 음악만 듣던 열다섯 살의 내가, 왕가위의 영화와 「키노」를 뒤적거리던 스무 살의 내가, 그리고 어두운 방에서 서성이는 지금의 내가 사이좋게 함께했다. 서로 다른 시공간을 거쳐온 나'들'이 마치 형제처럼 누워 여유로운 시간을 보내고 있었다.

큰방에 있던 침대를 작은방으로 옮기고 큰방을 거실처럼 썼다. 그리고 남은 가장 작은방을 옷방 겸 창고로 만들면서 원래 쓰던 옷장을 정리했다. 상상할 수 없이 많은 양이 쏟아져 나왔다. 더 이상 입지 않을 것 같은 옷들 속에는 최근 몇 년간 구매한 옷도 꽤 많았다. 어떤 옷을 정리할지 감

이 잘 잡히지 않았지만 비교적 쉽게 버릴 수 있는 옷도 있었다. 그런 옷에는 유용성이 아니라 기억이 부재했다. 대개 자주 입지 않은 옷들이라 함께한 날이 적었다. 함께한 날이 적은 만큼 옷에 담긴 풍경도 적었다. 그렇다 보니 오히려 상태 좋은 옷이 버려지는 이상한 일이 벌어졌다. 반면, 어떤 옷은 쉽게 버릴 수 없었다. 대개 그런 옷은 낡았고, 그만큼 옷에 담긴 기억이 많았다. 낡은 옷일수록 버리지 못하는 이상

한 일이 벌어졌다.

생애 첫 배낭여행을 할 때 입고 다녔던 노란색 티셔츠가 그랬다. 수십 번 세탁했지만 이 노란 티셔츠에서는 여전히 스무 살 여행의 냄새가 났다. 빨아도 빨아도 지워지지 않는 냄새가 있다면 그건 기억에 밴 냄새일 터였다. 그 티셔츠가 긴 세월의 마모를 피해 용케 여기까지 왔다. 옷장 깊숙한 곳에서 그 티셔츠를 발견할 때마다 여태 버리지 않은 이유가 의아했지만, 실은 매번 같은 이유로 버리지 못했다. 나는 매번 희미한 냄새와 오랜 풍경을 돌돌 말아 다시 옷장에 넣었다. 첫 출근을 위해 구입한 정장도 그랬고, 아내의 학창 시절 교복도 그랬고, 대학 생활을 위해 서울에 와서 처음으로 샀다는 아내의 흰 티셔츠도 그랬다. 모두가 각자의 시간과 사연을 품은 옷들이었다. 열여덟 살이나 스무 살의 아내를 직접 본 적도 없는 내가 이 옷들이 아니면 과거의 그녀를 느껴볼 물질성을 과연 어디에서 찾을 수 있을까.

오르한 파묵의 소설 『순수 박물관』의 주인공 케말

은 사랑하는 사람과 헤어지자 그녀와 관련된 모든 것을 수집한다. 페티시적 열망에 가까운 그의 수집벽은 끝내 '박물관'을 건립하는 데 이른다. 그는 그녀와 사랑을 이룰 수 없었지만, 그녀와 관련된 사물을 수집하고 전시함으로써 자신의 사랑이 완전히 실패한 건 아님을 증명하고자 한다. 그녀의 귀걸이, 그녀와 함께 누웠던 침대, 그녀가 어릴 때 타던 세발자전거, 그녀가 입던 옷, 그녀가 피우고 버린 담배꽁초 등 그녀의 부재를 견디기 위해 모아온 물품들은 점차 그녀에 대한 사랑을 영원한 시간 속에 간직하기 위한 일종의 증거(물)들이 된다. 그는 그녀의 이야기가 채워진 사물들로 그녀에 대한 자신의 사랑을 남기고 증명하고 싶었다.

그는 그 박물관에서 관람객들은 시간이라는 개념을 잊을 거라고, 그것으로 삶에서 가장 큰 위안을 얻을 수 있을 거라고 말한다. 그리고 단지 '사적인 박물관'에서 사랑하는 사람과 관련된 옛날의 사물들을 만났기 때문이 아니라, '시간'이라는 개념 자체가 사라졌기 때문에 위안을 얻는 것이라고 말한다. 그에게 삶의 고통을 견디는 유일한 방법은 그녀와 사랑을 나누었던 '황금의 순간'이 담긴 사물들을 소

순수 박물관

유하는 것뿐이었다. 남겨진 물건이 이제 만나지 못하는 사람보다 그 순간의 기억과 색깔과 희열을 더 충실히 간직하고 있기 때문에.

그러니까, 그 사물이 단지 어떤 기억을 떠올려 주기 때문에 소중한 것이 아니다. 과거가 담긴 사물을 보고 만지는 동안 '시간'의 사라짐을 경험할 수 있기 때문에 그 사물은 소중한 것이다. 그 사물로 인해 주인공은 소거된 시간 속에서 사물이 간직한 시간과 감각과 감정과 풍경을 마주하게 된다. 이 순간은 사물에게 속한 고유한 시간을 마주하는 특별한 시간이다. 아내가 입었던 고등학교 시절의 교복을 마주하는 일이 신비로운 건, 그때 이렇게 몸이 컸었나 하는 놀라움 때문만이 아니다. 그 순간 열여덟 살의 그녀 곁에 잠시나마 있을 수 있어서다.

Vincent van Gogh, *Road with Cypress and Star*, 1890.

우리가 어떤 유물이나 그림을 보기 위해 먼 곳의 박물관과 미술관에 가는 이유가 단지 원본을 본다는 만족감을 위해서만은 아니다. 암스테르담 국립미술관에 가서 <사이프러스나무와 별이 있는 길 *Road with Cypress and Star*>을 직접 보는 일은 1890년의 어느 날, 그림을 그리고 있는 고흐를 직접 마주하는 일과 다르지 않기 때문이다. 캔버스에 새겨진 실제 물감의 움직임을 따라 우리의 시선이 이동할 때, 130년 전 고흐도 우리와 같은 방식으로 눈과 손을 움직이고 있다. 고흐의 시간과 내 시간은 이 그림을 앞에 두고 만난다. 그의 그림을 직접 본다는 건, 고흐의 말과 표정과 감정을 직접 마주하는 것이기도 하다. 그래서 우리는 그 먼 곳까지 간다.

온종일 옷방을 정리하며, 어쩌면 어머니도 창고나 다락에 머물며 과거의 시공간과 조우했을지도 모른다는 생각이 들었다. 박물관도 미술관도 제대로 가본 적 없는 어머니가 유일하게 관람 가능했던 그 공간. 온갖 사물이 20년 넘게 쌓이기만 했던 어머니의 공간. 도무지 나는 이해할 수 없던 그 공간에 나보다 어머니와 훨씬 더 오랜 인연을 맺었을 어머니의 바랜 사진첩과 어머니의 책과 어머니의 옷가지와 어머니의 편지들이 있었다. 그러니까, 어머니의 시간을 간직한 사물들이 있던 것이다. 그곳에서 어머니는 어머니의 '황금의 순간'을 되찾고 싶었던 것인지 모른다. 나는 그것도 모르고 아무 쓸모도 없고 먼지만 쌓인 물건들을 끌고 다니는 '스마트'하지 못한 어머니를 원망했다.

주거와 소비 환경의 변화로 사람들은 예전처럼 물건을 쌓아놓고 살지 않는다. 물건을 이리저리 끌고 다니는 것도 별로 좋아하지 않는다. 빈곤했던 부모님 세대와 달리 물질적 풍요를 누리는 우리 세대에게는 무엇인가 소유하기보다 버리거나 소유하지 않는 일이 더 근사하게 보인다. 그래서 사람들은 '소유'하기보다 '공유'하거나 '구독'한다. '단순한 삶'을 추구하는 모두가 그런 것은 아닐 테지만, 의외로 간결한 살림과 생활 방식을 유지하는 데 더 많은 비용이 들기도 한다. 합성수지로 대량 생산된 물건 몇백 개보다, 좋은 재료로 장인이 만든 물건 한 개가 훨씬 더 값비싸다. 그래서 '미니멀 라이프'가 저개발 국가가 아닌 북미, 북유럽, 일본, 한국 등 소수의 개발 국가에서만 유행하는 점이 시사하는 바가 있다. 감히 아무나 '미니멀'하게 살 수는 없다.

공유와 구독 경제가 우리 소비를 좀 더 스마트하게 이끌고 '미니멀 라이프'가 우리의 생활을 더욱 심플하게 만들지만, 혹시 우리는 덜 쓰고 덜 사는 것이 아니라, 다른 방식으로 마음껏 소비하고, 또 처분하고 있는 게 아닐까. 미니멀한 방식으로 맥시멀하게 채우면서 간직해야 할 기억과 추억과 감정마저 미니멀하게 만드는 것은 아닐까. 그래서 슬픔도 기쁨도 윤리도 공감도 모두 미니멀한 상태로 살고 싶은 건 아닌지.

모든 사물을 껴안고 사는 일은 불가능하지만, 렌탈로 채워진 심플하고 깔끔한 우리 주거지에 낡고 어수선한 것들을 간직한 공간이 한 곳쯤 있는 것도 좋지 않을까. 우리를 잠시 시간의 진공에 머물게 하는 사물들이 놓인 작은 공간 하나쯤은 간직하고 있어도 좋지 않을까. 내 스무 살의 기쁨과 열여덟 살 아내의 천진함을 간직한, 좌절과 실망, 혹은 설렘과 행복이 담긴 사물이 놓인 그런 공간을. 오늘도 정리되지 않은, 언제 정리될지 알 수 없는 옷방이자 창고를 보며 나는 이런 변명을 한다.

미니멀한 방식으로 맥시멀하게 채우면서

간직해야 할 기억과 추억과 감정마저

미니멀하게 만드는 것은 아닐까.

순수 박물관

—

쓸쓸하고 매혹적인 폐허

서재

집으로 떠나는 여행에서 가장 필요한 것 하나만 꼽으라면 무엇을 꼽을 수 있을까. 모름지기 책이 아닐까. 어떤 책은 쓸쓸한 여행지가, 어떤 책은 유쾌한 여행지가, 또 어떤 책은 위안의 여행지가 된다. 그런 면에서 서재는 여행지를 전시한 공간이라고 할 수 있다. 책장에 꽂힌 책들을 보고 있을 때 우리는 배낭을 메고 있지 않지만 어디로 떠날지 고심하는 여행자가 된다.

우리 집에는 서재라 불릴 만한 공간이 따로 없다. 책이 가장 많이 놓인 방이 있지만, 그곳에 우리 집 모든 책을 놓을 수 있는 건 아니었다. 거실, 침실, 화장실, 베란다 구석구석 책을 놓을 수 있는 곳이라면 어디든 놓았다. 일목요연한 정리는 불가능했지만 나름의 방식으로 구분해 놓을 수는 있었다. 늦은 밤까지 가장 많은 시간 체류하며 장시간 독서하는 거실에는 흔히 '고전'이라 불리는 책들이, 먼 곳을 볼 수 있는 베란다에는 여행 관련 서적이, 침실에는 에세이가, 화장실에는 몇몇 종류의 잡지가, 공부방에는 그 모든 종류의 책들이 뒤섞였다. 물론 책들이 자신의 자리를 잘 지킬 리 없었다. 그들은 새로 입주한 책들과 뒤엉키며 제자리가 아닌 곳에 수시로 출몰했다.

책이라는 사물에 어떤 권위나 특권을 부여한 건 아니었지만, 다른 물건과 달리 책의 구입과 소유는 조금 더 떳떳했고 심리적으로 자유로웠다. 우리가 자유로운 만큼 책들도 자유로웠다. 책장과 선반에 여유 공간이 없어지자 책들은 바닥에 놓였고, 서로 포개지며 점차 위로 쌓여갔다. 적당히 쌓인 책 더미 앞으로 한 줄이 더 쌓였고 다시 또 한 줄, 앞으로 혹은 옆으로 점점 증식했다. 책들이 마치 분출된 용암처럼 꾸역꾸역 빈 공간을 채우며 밀고 들어왔다. 그렇게 예스24와 교보문고에서 수시로 책이 배송되어 오던 어느 날, 불어나는 책들 사이에서 문득 어떤 좌절감을 느꼈다. 이 모든 책이 세로 15센티미터, 가로 10센티미터, 두께 1센티미터 정도의 작은 단말기에 담긴다는 사실 때문이었다. 좌절감이라기보다는 허무감이라고 해야 할까.

공간을 잠식하는 책들을 보며, 아니 책들이 잠식하는 공간을 보며, 아직 모든 책이 전자책으로 출간되는 건 아니지만, '최소한 이북으로 출간된 도서는 단말기로 읽으면 어떨까.' 하는 생각이 들었다. 원서는 높은 구매 비용과 편의성을 고려해 킨들로 보고 있었지만 국내 서적을 전자책으로 읽어봐야겠다고 생각한 건 처음이었다.

책은 종이책으로 읽어야 제대로 읽은 것 같았다. 제발트의 지적이고 쓸쓸한 문장 아래에는 그것에 어울리는 색으로 밑줄을 치며 읽어야 했다. 한강의 문장이 인쇄된 페이지는 되도록 천천히 넘기고 싶었다. 저마다 다른 크기와 무게를 가진 책 디자인, 종이의 질감, 페이지를 넘길 때 나는 소리 같은 '물질성'이 어쩌면 책을 사고 소유하는 가장 큰 이유인지도 몰랐다. 아니, 실은 그것이 가장 중요한 이유였다. 책은 우선 읽으려고 사는 것이지만 그것이 책의 전부는 아니다. 에이포 용지에 인쇄된 소설이나 에세이를 애써 보관하거나 수줍게 선물하지는 않을 테니까.

종이책과 달리 시디와 디브이디는 진작 수납 박스에 담아 한쪽에 치워놓았다. 영화와 음악은 이제 '물질적인' 매체를 통해 감상하지 않는다. 그렇게 모아대던 테이프, 엘피, 시디, 디브이디에 어떤 환멸을 느낀 순간이 떠올랐다. 기술의 발전은 같은 콘텐츠를 매번 다시 구입하게 했다. 카세트테이프와 엘피가 시디로, 시디가 더 고음질 음원을 저장한 하이파이 시디로, VHS가 디브이디로, 디브이디가 블루레이로. 영화와 음악은 더 좋은 음질과 화질로 유혹했고 나는 번번이 그들 앞에서 지갑을 열었다. 엘피, 시디, 비디오테이프, 디브이디 등이 뒤죽박죽 뒤엉키며 생활 공간은 점점 줄어들었다. 언제부턴가 테크놀로지의 발달을 빌미로 올드 콘텐츠를 끊임없이 변종해 발간하는 뉴 미디어에 질려버렸다. 그리고 영화와 음원 스트리밍 서비스의 간명함에 빠져들었다. 턴테이블에 엘피를 올리고 바늘을 내려놓는 짧은 순간의 긴장을 느끼지 못하지만, 다 풀린 테이프가 오토리버스되며 내는 딸각 소리를 듣지 못하지만, 스트리밍 서비스로 인해 비교적 저렴한 비용으로 양질의 음악과 영화를 감상하는 일이 더 수월해지고 풍성해진 것은 부인할 수 없다. 때론 너무 많은 음악과 영화 속에서 허우적거리기도 하지만 말이다.

독서는 조금 다르다. 책에는 음악이나 영화와는 다른 매체적 성격이 내재해 있다. 같은 연주자의 동일한 곡이라도 카세트 플레이어로 듣는 것보다 고음질 매체로 들을 때 더 선명하고 풍부하게 느껴진다. 하지만 책은 다행인지 불행인지 더 좋아질 '질'이 없다. 너무 해진 초판본『난장이가 쏘아올린 작은 공』을 더 훼손하지 않기 위해 최신 판본『난쏘공』을 산 적은 있지만, 콘텐츠의 어떤 '질적' 변화 때문에 다시 산 적은 없다. 변색된 초판본『난쏘공』과 어제 산『난쏘공』의 감동은 다르지 않다. 만약 종이책이 다른 매체에 비해 조금 더 긴 수명을 가질 수 있다면 그건 바로 이 점 때문일 것이다. 기술의 발전으로 더 좋은 '음질'의 음악과 '화질'의 영화를 즐길 수 있지만, 더 좋은 '문질'의 문학을 즐길 수 있는 건 아니다.

　　그렇다고 '책'의 수명이 길 것 같진 않다. '책'의 문제는 '종이책'의 문제만이 아니기 때문이다. 문제는 전자책이든 종이책이든 시간 내서 한 단어, 한 문장, 한 문단, 어떤 텍스트를 공들여 읽는 행위 자체가 머지않아 우리 사피엔스에게서 사라질 습속이 될 것 같은 데 있다. 서사를 소비하는 것은 본능에 가까운 행위라서 쉽게 변하지 않겠지만 그것을 즐기는 방식은 시대에 맞게 변해왔고 변해갈 것이다. 물론 여전히 엘피를 턴테이블에 올리고 바늘을 조심스럽게 내려놓는 몇몇 사람이 있듯, 잘 디자인된 종이책 책장을 넘기는 손끝의 감각을 즐기는 미래의 독자도 여전히 있을 것이다. 그리고 소수의 연구자나 창작자와 기획자는 계속해서 긴 텍스트를 통해 배우고 그것을 배경으로 창조적인 활동을 할 테다. 그러나 그것과 무관하게 소비 대중은 그 소수가 만든 영상 콘텐츠를 주로 즐기고 소비하며 문해 능력은 점점 낮아질 것이다. 앞에서 '문제'라고 말했지만, 그것이 꼭 '문제'가 아닐 수도 있다. 독서하는 대중이 존재한 시대의 역사는 긴 인류의 역사 중 아주 짧은 순간이다. 긴 세월 동안 글을 읽고 쓰고 활용하는 사람은 언제나 소수의 사람이었다. 다시 구어체의 시대로 돌아간 것뿐인지도 모른다. 이런저런 쓸데없는 생각을 품은 채 아내에게 물었다.

"우리…… 집에 있는 책 모두 처분하면 어떨까? 팔거나 기증하거나 재활용으로 처리하거나. 몇 권만 남겨두는 거야. 전자책으로 보고, 전자책으로 출간되지 않은 책은 도서관에서 빌려 보고. 아니면 요즘 중고서점 잘되어 있으니까 사긴 사되, 밑줄 같은 거 긋지 말고, 깨끗하게 보고 잠시 모아두었다가 다시 중고로 팔고. 그래서 대략 스무 권 정도만 유지하는 거야. 그러면 어떨까? 집에 책이 거의 없으면 어떤 느낌일까. 허전할까? 아님, 어떤 자유를 느낄까? 작은 단말기 하나에 이 많은 책이 모두 담긴다는 사실, 그리고 그걸 언제 어디서든 꺼내 볼 수 있다는 당연한 사실이 삭막하지만 동시에 너무 신비롭지 않아?"

대략 이런 얘기였다. 종종 극단적인 변덕을 부리는 나에 대한 풍부한 경험을 가진 아내는 섬세하게 대응할 생각이 없는 것 같았다. 그렇다고 내 말을 단지 허세로 들는 것 같지도 않았다. 시디와 디브이디를 모두 처분하고도 음악과 영화가 사라지지 않은 지금의 삶처럼, 종이책 없는 삶도 불가능하진 않다는 것을 그녀도 모를 리 없었다.

그렇다. 잘 펼쳐보지도 않는 책 때문에 거주 공간이 복잡해졌다. 책의 색과 패턴으로 거실과 방의 차분한 벽이 산만해졌다. 건조하거나 습한 날씨에 오래된 책은 먼지를 풍기거나 눅눅해지는 등 저만의 방식으로 대응했다. 미세먼지 수치와 무관하게 오래된 책 때문에 집 안 공기 질이 좋지 않았다. 출근하거나 여행할 때, 배낭에 책 서너 권을 꼭 넣어 다닌 덕분에 내 4번과 5번 허리 디스크는 뼈 사이에서 좀 더 넓은 세상으로 삐져나왔다. 책은 지식과 상상력과 공감의 크기를 넓혀주었지만 수명은 줄이는 듯했다. 게다가 책이 늘어나면 벌목될 공간도 늘어나고, 세상에 그만큼 상처가 날 터였다. 내 건강과 환경을 훼손하는 종이책이 아니어도 책을 읽을 수 있는데 꼭 그것을 고집해야 할 이유가 없었다. 작은 단말기 하나로 세상 모든 책을 볼 수 있다면 그 얼마나 이롭고 생태적이고 평화롭고 우주적인가.

Pieter Janssens Elinga,
Reading Woman,
ca. 1668 – 1670.

피에테르 얀센 엘링가는 17세기 네덜란드 황금시대의 화가다. 당시의 많은 네덜란드 화가처럼 그는 주거 공간과 그곳에서 생활하는 사람들을 주로 그렸다. 이 그림에선 독특하게 책을 읽고 있는 하녀의 모습을 묘사했다. 높은 창문으로부터 쏟아지는 빛 아래 가정부로 보이는 여인이 고요한 공간에서 책을 읽고 있다. 아무에게도 방해받지 않고 싶다는 듯, 방 모서리를 향해 뒤돌아 앉은 그녀는 책이 건네는 이야기에 깊이 빠져 있다.

정적인 이 그림에 활기를 넣어주고 있는 건 급히 벗어놓은 듯한 신발이다. 그녀는 고된 노동 사이 짬을 내어 책을 읽고 있는 것이 틀림없다. 아마 그녀가 청소할 때 그녀의 고용주는 책상에 기대앉아 책을 읽고 있었고 그녀는 그런 주인을 부러워했을 테다. 벗어놓은 신발과 독서 중인 그녀는 화면에서 묘한 대구를 이루며 그녀가 신발로 대표되는 현실 공간을 벗어나 얼마나 먼 곳으로 떠났는지 말해준다. 독서는 힘든 하녀 생활에서 유일하게 가슴 설레고 행복한 일이었을지 모른다. 그녀는 신발로 대표되는 세상을 뒤로하고 다른 세상으로 떠났다. 문장만이 줄 수 있는 감정과 감각과 이야기의 세상에서 그녀는 여행 중이다.

그럼에도 전자책에 담긴 활자 뭉치가 종이책을 쉬이 대체해줄 수는 없을 것 같았다. 왠지 전자책은 내용을 담는 매체로만 느껴졌다. 반면, 종이책은 단지 어떤 내용만을 담는 사물로 여겨지지 않았다. 책은 그 자체로 자신을 표현하는 정직한 사물 같았다. 마치 산과 나무와 들꽃이 다른 무엇을 표현하기 위해 존재하는 사물이 아닌 것처럼, 종이책은 그 자체에 향기와 표정과 풍경이 담긴 사물이라는 생각이 들었다. 내가 말해놓고 다시 변덕을 부렸다. 종이책이 없으면 나는 전자책이 아니라 유튜브를 더 많이 볼 테고 간혹 성우나 에이아이가 읽어주는 오디오북 정도나 들을 것 같았다. 아무것도 '읽고' 싶지 않은 순간이 빠르게 올 것 같았다. 단말기에 책을 넣으면 종이책의 물성이 사라짐과 동시에 간직해둔 사연도 사라지고 정보만 남겨질 것처럼 느껴졌다. 스스로 내린 결단 앞에서, 그리고 무덤덤한 표정을 지은 채 서로 기대어 있는 종이책들 앞에서 나는 주저하고 있었다. 책에 대한 집착일까 욕심일까, 아니면 결핍일까.

어떤 일이든, 사건이든, 사물이든 간에 모든 것에는

기원이 있다. 내 생의 첫 책은 무엇이었을까. 나는 왜 책을 좋아하게 되었을까. 어쩌다 이 많은 책으로 우리 집을 채웠을까. 고등학생 때부터 문학을 좋아했고 대학과 대학원에서 문학을 전공했기 때문이라고 쉽게 이야기할 수 있지만, 이 설명은 왠지 원인이라기보다 결과 같다. 문학이 좋아서 책을 좋아하게 된 것이 아니라 책이 좋아서 문학을 좋아하게 된 것은 아니었을까. 기원에 보다 가까운 설명이 있을 것 같았다. 책을 자주 읽는 습관을 가진 부모님 아래에서 자란 것도 아니었다. 어머니는 독서를 좋아하는 편이셨지만 빠듯하고 때론 험난한 가정을 꾸리며 여유 있게 독서를 즐기기란 거의 불가능했다. 그렇다고 책을 많이 읽어야 하는 교육 환경에서 자란 것도 아니었다. 어린 시절 내게 책과 독서는 사치였다.

　　내게 책이라는 사물이, 아니 책이라는 세상이 찾아온 건 초등학교 입학 전이었다. 5층 아파트 꼭대기 층에 있는 집에 가기 위해 계단을 오르던 중 발을 헛딛고 계단 모서리에 이마를 찧고 말았다. 아프다는 느낌이 들지는 않았는데, 꽤 많은 피가 흘렀다. 이마 가운데서 흐른 피는 코를 타고 흘러 입술 아래로 떨어졌다. 마침 4층에 살던 초등학교 1, 2학년 정도 되었을 아랫집 누나가 나를 발견했다. 그 누나는 자기 집에 나를 데려가서 약을 발라주고 반창고도 붙여주었다. 피는 금세 멈추었던 것 같다. 이마를 수습하고 그 누나의 방을 둘러보았다. 키 낮은 책장에 동화책이 꽂혀 있었다. 제목만으론 상상되지 않는 이야기들이 선택받기를 기다리며 가지런히 꽂혀 있었다.

물론 우리 집엔 동화책이 없었다. 아직 우리나라가 개발도상국이던 시절이지만 그렇다고 서민 가정에 동화책이 없던 시절은 아니었다. 친구나 친척 집에 놀러 가면 전래동화집이나 세계명작동화집 정도는 꽂혀 있었다. 하지만 우리 집엔 동화책은커녕 장난감이나 과자도 흔치 않았다. 형과 나는 우리 소유의 동화책이 없다는 사실에 딱히 섭섭함이나 큰 아쉬움을 느끼지는 않았다. 그래도 이야기들이 가지런히 꽂혀 있는 누나네 책장이 부럽긴 했다. 동화책들이 저마다 제목을 뽐내며 자신을 꺼내 달라고 말하는 것 같았다. 책에 관심을 보여서 그랬을까. 큰 안경을 쓴 그 착한 누나는 선뜻 한 권을 뽑아 빌려줬다. 『이솝 우화』였다. 그날을 인

연으로 빌린 책을 돌려주고 다시 빌리며 그 누나의 동화책을
함께 읽었다.

우리 집이 먼저였는지 그 집이 먼저였는지 기억
나지 않지만, 오래지 않아 한 집이 이사 가는 바람에 반납
하지 못한 책 한 권만 남겨둔 채 우리는 더 이상 만나지 못
하게 되었다. 그렇게 나에게 책은 가족이 아닌 누군가에
게 받은 최초의 선물이 되었다. 말 그대로, 상처 난 나를 치
료하고 건네준 최초의 선물. 지금 내 모든 책의 기원은 이
름이 기억나지 않는 한 사람에게 빌린 책 한 권에 있다는 생
각이 들었다. 마음껏 읽고 상상할 수 있는 이야기를 갖고
싶었지만 책이 한 권도 없던 아이. 그 아이는 결국 영원히 빌
린 책 한 권을 들고 문학을 공부하고 글을 쓰는 사람으로 제
삶의 긴 여행을 떠났다.

내가 받은 최초의 선물이 종이책이었고, 사랑하
는 사람에게 고백하며 건넨 것도 장미와 종이책이었다. 나
는 오래도록 종이책이라는 사물을 포기하지 못할 것 같
다. 하지만 세상이 변하고 삶의 방식이 변하면 독서 방식

도 변할 테고, 그러면 내 책 읽기도 변할 것이다. 그러면 나도 그 공간에서 무뚝뚝한 단말기로 대부분의 책을 읽을지도 모를 일이다.

움베르토 에코의 소설 『장미의 이름』에서 노인이 된 주인공 아드소가 불에 타 폐허가 되어버린 수도원의 장서관을 회상하며 "지난날의 장미"는 이제 그 이름만 남았고, 자신에게 남은 것은 그 "덧없는 이름뿐"이라고 말한다. 그렇게 종이책과 서재라는 공간도 에코의 '장미'처럼 언젠가 덧없는 이름으로만 남을지도 모른다.

몇 년 전, 경주 황룡사지 터에 불었던 바람을 잊지 못한다. 늦가을의 선선한 바람이 불었다. 그때 처음 알았다. 고요한 폐허가 어떤 아름다운 건축물보다 매혹적일 수 있다는 사실을. 창문을 건너온 봄바람이 책장을 가볍게 넘기던 어느 따스한 날, 그 바람에서 몇 년 전 황룡사지에 불었던 늦가을 바람을 느낀 건 우연이었을까. 바람이 불어도 넘어갈 페이지가 존재하지 않는 공간은 얼마나 쓸쓸할까. 그런 의미에서 종이책이 놓인 이 모든 공간은 머지않아 쓸쓸하고 매혹적인 폐허로 남을 것이다.

산과 나무와 들꽃이 다른 무엇을 표현하기 위해
존재하는 사물이 아닌 것처럼,
종이책은 그 자체에 향기와 표정과 풍경이 담긴
사물이라는 생각이 들었다.

—

최초의 자화상

°
거울

스물다섯 살, 유럽으로 혼자 배낭여행을 갔다. 꼭 미술관 여행을 하려던 건 아니었는데, 두 달 동안 거의 매일 들렀다. 파리의 루브르박물관과 오르세미술관, 뮌헨의 알테 피나코테크와 노이에 피나코테크, 이탈리아의 바티칸 미술관과 우피치미술관 등 방대한 미술관은 며칠 동안 나누어 관람하기도 했다. 미술을 전공하는 것도, 깊이 공부하려는 것도 아니었다. 단지 여러 일로 상실감이 크던 때 계획 없이 떠난 여행이었다. 그렇다고 많은 사람들과 어울리고 싶지는 않았다. 미술관 여행은 그런 면에서 제격이었다. 무엇인가 오래도록 볼 수 있었고, 아무 말을 하지 않아도 괜찮았다.

관람을 마친 뒤에는 작은 식당에서 주로 혼자 식사했고 한적한 공원에서 책을 읽었다. 늦은 밤, 숙소로 와서 그날의 일기를 수첩에 빼곡히 적었다. 애석하게도 지금은 아무리 찾아도 찾을 수 없는 그 노트에 그날 간 곳과 본 것과 느낀 것을 볼펜으로 꾹꾹 눌러 썼다. 끝으로 미술관에서 산 회화 엽서와 도록을 뒤적이며 하루를 마감했다.

몇 달간 여행하며 회화 엽서와 포스터를 부지런히 구매했다. 자화상과 초상화가 많았다. 장르적으로 자화상을 좋아하거나 초상화에 특별히 관심이 있는 것도 아니었는데 꽤 집착적으로 사 모았다. 코린트, 고흐, 고갱, 콜비츠, 실레, 벨라스케스, 피오렌티노, 쿠르베 등의 자화상, 특히 렘브란트와 뒤러는 청년기부터 말년기 자화상까지 여러 엽서와 포스터를 샀다. 많은 사람을 만나고 싶지 않다면서, 매일 밤 많은 사람들의 얼굴을 보며 잠들었던 셈이다.

지금 집에 이사 오고 나서, 오랫동안 박스에 고이 모셔두었던 그때의 엽서와 포스터를 액자에 넣어 집 여러 곳에 놓았다. 청년기의 렘브란트와 중년기의 뒤러, 그리고 코린트와 피오렌티노가 하나의 프레임 안에서 사이좋게 거실을 내려다보고 있고, 고흐의 타는 듯한 눈빛은 서재에서 빛난다. 케테 콜비츠는 수심 가득한 표정으로 곤히 잠든 나와 아내 곁에 있고, 프리다 칼로는 거실 책들 사이에서 불길한 표정을 짓고 있다. 어느 날 문득, 집 안에 '얼굴'이 많다는 사실에 놀랐다. 그때뿐만 아니라 최근까지 구매해온 포스터와 사진 작품 중에도 초상화의 비율이 압도적으로 높았다. 다시, 나는 이십 대 중반의 여행 때처럼 밤마다 이런저런 얼굴들을 보고 있는 셈이다.

화가 혹은 누군가의 초상을 집에 놓는 이유를 멋진 '인테리어'를 위해서라고 말하기는 어딘가 어색하다. 자화상이나 초상화는 대개 아름답거나 예쁘다고 정의되는 느낌을 주지 않는다. 늦은 밤 어두운 거실에서 14세기 뉘른베르크에 살던 히에로니무스 홀츠슈어의 부릅뜬 두 눈을 마주치는 일은 종종 난감한 느낌을 주곤 한다. 밥을 먹다 우연히 프리다 칼로의 얼굴과 상처를 마주치는 일이 소화에 긍정적인 영향을 미칠 리 없다. 자신의 팔로 얼굴을 반쯤 가린 콜비츠의 어둡고 무거운 얼굴 아래에서 자는 것 또 한 안락한 일은 아니다. 그 초상화들은 대부분 낯설고 때론 불편하다. 한때 그 얼굴을 가졌던 사람들이 겪은 고통과 불행, 한때 그들이 품었던 슬픔과 기쁨, 혹은 광기가 그 얼굴에 남아 있기 때문이다. 그럼에도 그 얼굴을 마주하는 이유는 그 얼굴에 내가 가보지 못한, 그래서 아직 경험하지 못한 어떤 풍경이 담겨 있기 때문이다. 그 자화상들은 어떤 풍경화보다 더욱 풍경화 같은 그림들이다.

그 자화상들은 어떤 풍경화보다
더욱 풍경화 같은 그림들이다.

Rembrandt van Rijn,
A young Rembrandt, ca.1628.
Self-portrait in a cap, with eyes wide open, 1630.
Self-portrait as Zeuxis, ca.1662.
Self-portrait, 1669.

삶이 흘러가고 변한다는 말처럼 얼굴도 흘러가고 변한다. 만약 누군가의 '삶'을 그린다면, 무엇을 어떻게 그리면 좋을까? '삶'을 그릴 수 있을까? '삶'이라는 것이 그릴 수 있는 대상이긴 할까? 긴, 혹은 짧은 삶의 여정 중 어느 특정 일화를 그리거나 특정 사건을 그릴 수야 있겠지만 그것으로 그 누군가의 삶을 그렸다고 말할 수 있을까.

'삶'을 그려낸 최초의 화가가 있다. 자화상을 떠올릴 때 가장 먼저 떠오르는 화가 렘브란트 판 레인. 그는 자신의 얼굴을 역사상 전례 없이 본격적으로 그려내 대중에게 널리 알렸다. 렘브란트는 40년이 넘는 세월 동안 40점 이상의 자화상을 그렸고 비슷한 수의 자화상 동판화를 제작했다. 그 자화상은 복제본으로 수많이 제작되어 원본처럼 유통되었다. 자화상을 그린 화가는 렘브란트 이전에도 있었지만, 일생에 걸쳐 이토록 다양한 자신의 모습을 그린 화가는 그 이전에 없었다.

자신의 삶을 그릴 때 자신의 얼굴 말고 무엇이 더 필요했을까. 렘브란트에게 얼굴은 자신의 삶을 보여줄 수 있는 구체적인 풍경이었다. 청년 렘브란트의 얼굴에 청년기의 삶을, 중년 렘브란트의 얼굴에 중장년기의 삶을, 노인 렘브란트의 얼굴에 노년기의 삶까지, 한 인간이 거쳐 온 삶의 풍경을 고스란히 새겨 놓았다. 한 사람의 얼굴이 이토록 다채로울 수 있는 것은 그의 얼굴이 가진 특별함이나 관상학적 특징 때문이 아니다. 그가 자신의 평범한 얼굴에서 그토록 다채로운 이야기를 관찰했기 때문이다. 예술적 자질과 자신감이 충만한 한 청년의 삶이, 부와 명예를 가진 근엄한 중년의 풍경이, 그리고 한때 누렸던 모든 명예와 부가 마법처럼 사라지고 이제 마른 나무껍질 같은 피부만 남은 한 노파의 쓸쓸한 삶의 풍경이 '얼굴들'에 담겨 있다. 렘브란트에게 삶은 얼굴이었고 얼굴은 삶이었다.

최초의 자화상

사람이 살아온 여정은 나이테처럼 얼굴에 새겨진다. 한 사람의 얼굴에는 그가 살면서 받은 햇빛과 바람과 고통과 스트레스와 기쁨과 슬픔과 사랑의 총량이 들어선다. 감정에 따라 여러 근육과 주름은 특정한 방식으로 접히고 펴지고 일그러지고 뭉치고 늘어진다. '잘'생기고 '못'생긴 것과 무관하게 많이 웃은 사람이 웃는 얼굴이 되고, 자주 짜증내고 화냈던 사람이 찡그린 얼굴을 갖는 것은 일종의 자연법칙 같은 일이다. '40대가 되면 자기 얼굴은 자기가 책임져야 한다'라는 흔한 말은 틀린 표현이 아니다. 사람의 얼굴은 후천적으로 (의료 기술과는 또 다른 차원에서) 만들어지는 것이다.

만약 회화를 '(추상적인 것을 포함한) 어떤 대상을 재현한 결과물'이라고 정의한다면, '우리의 모습을 재현한 결과물'인 거울에 맺힌 상 역시 일종의 회화다. 그렇다면 거울 안에 (빛에 의해) 그려진 자신의 얼굴은 내 생애 최초의 회화이다. 내가 직접 그린 건 아니지만 언제든 불러낼 수 있고 언제든 감상할 수 있는, 내가 소유한 최초의 자화상. 화가의 자화상을 보고 그 화가가 그려낸 삶의 풍경을 마주하듯, 우리도 거울을 보며 내 작품에 담긴 어떤 풍경을 읽어낼 수 있다. 하지만 하루에도 몇 번씩 거울을 보고 수시로 셀카를 찍음에도 막상 내 얼굴을 제대로 보기란 쉽지 않다. 헤어의 '스타일'을 보거나 미세한 주름과 모공 등 피부의 상태를 살펴보는 일만으로는 삶의 풍경을 제대로 볼 수 없다.

"요즘 나 너무 나이 들어 보이지 않아?"

근래 아내가 자신의 새치와 주름에 대해 자주 물었다. 매일 보는 얼굴은 세월의 무게와 시차를 무디게, 혹은 견디게 만든다. 그녀가 매일 변해가는 자신의 얼굴에 대해 세세한 사정을 감지하지 못하듯, 나도 그녀의 변해가는 얼굴

최초의 자화상

에 대해 잘 알지 못한다. 스물다섯 살 때 찍은 사진 속 그녀의 얼굴과 지금 그녀의 얼굴이 다르다는 사실은 분명히 알지만, 어제의 얼굴과 오늘의 얼굴이 가지는 차이를 나는 구분할 수 없다. 오늘 나와 함께하는 아내는 시간을 뛰어넘어 온 스물다섯 살의 그녀가 아니라 매일매일 함께 살아온 그녀인지라 나는 영원히 아내의 늙음을 알 수 없다. 만약 20년 만에 만난 아내가 내게 묻는다면 아마 나는 "응, 나이 들어 보여"라고 답할 수도 있다. 하지만 매일 만나는 아내가 물어올 때 내가 할 수 있는 대답은 항상 똑같다.

"아니, 나이 들어 보이지 않아. 언제나."

이런 저간의 사정을 아는지 모르는지, 아내는 내 말을 듣고 다시 거울을 보며 안도하는 것 같았다.

거울에 담긴 우리 얼굴에서 늘어난 새치나 주름을 찾는 일도 중요하지만 때론 다른 것을 볼 필요도 있다. 화장실이나 파우더룸 같은 곳은 거울이 놓이는 전형적인 공간이다. 전형적인 장소에서 마주하는 거울은 전형적인 얼

굴을 보게 한다. 세안하고 면도하고 화장하는 얼굴을 볼 때
는 '하나의 얼굴'만 보인다. 그렇다고 거울을 꼭 특별한 장소
나 낯선 장소에 놓아야 '다른 얼굴'을 볼 수 있는 건 아니다.
어떤 장소에 있든, 우리가 어떤 방식으로 보는지에 따라 거
울은 미처 보지 못한 '다른 얼굴'을 보여주기도 한다. 그러니
까 때론 화장실이나 화장대 거울 앞에서 화장이나 면도를 하
지 않을 때, 달리 말하면 거울 앞에서 아무 일도 하지 않고 그
저 바라볼 때, 거울은 새로운 거울이 될 수 있다. 그리고 그
때 내 얼굴은 하나의 풍경이 된다. 물론 아무것도 하지 않
고 얼굴을 보는 일은 생각보다 쉽지 않다. 나도 모르게 얼굴
을 이리저리 돌리며 새치를 살피거나 피부 주름과 트러블
을 찾아내었다. 남의 초상은 그토록 보고 또 봐왔으면서 막
상 내 얼굴은 1분도 제대로 보고 있지 못한 것이다.

　　　　내가 평생 달고 다닌 얼굴이지만, 또 여기에 형성
된 여러 기관을 통해 보고 듣고 먹고 말하고 싸우고 사랑했
지만, 막상 한 번도 직접 본 적 없는 이 얼굴이 꼭 내 것만
은 아니었다. 이 얼굴로 수많은 말을 하고 표정을 지었지만,
꼭 내 뜻대로 말하고 표정 지은 건 아니었다. 내 얼굴은 나

최초의 자화상

를 위해서 기능하기보단 종종 남을 위해서 애쓰곤 했다. 평생 나보다 다른 이가 훨씬 더 많이 본 내 얼굴은 내 것이지만 동시에 내 것이 아니기도 했다. 얼굴을 풍경처럼 보는 것은 거울을 통해 본 내 얼굴이 꼭 나만의 얼굴은 아닐 수도 있다는 인식에서 출발하는 것이 아닐까.

아내에게 항상 같은 대답을 듣게 될 운명의 질문을 받은 날로부터 며칠 후, 거울에 담긴 내 얼굴을 찬찬히 봤다. 유명 화가의 작품을 감상하듯, 우리 집 거실 거울이 오르세미술관 조명 아래 놓인 작품인 듯, 거울에 그려진 내 얼굴을 꽤 오랫동안 감상했다. 그다지 잘 그린 작품 같지는 않았다. 그렇다고 실패작이라는 생각이 든 건 아니었다. 그저, 영원히 습작으로 남아 있을 듯한 얼굴이었다. 누군가 도화지 속에 그리다 만 얼굴 같았다. 그동안 내 얼굴에는 내가 품은 감정과 살아온 풍경이 고스란히 새겨져 있을 거라 생각했다. 그런데 가만히 보며, 꼭 그렇지만은 않은 것 같다는 생각이 들었다. 내 얼굴은 내가 원하는 방식으로 존재하는 것도 아니었고 나만을 표현하는 것도 아니었다. 내 얼굴은 그간 살아오며 만났던 사람과 마주쳤던 사건과 감당했던 감정이 뒤섞인 아득한 풍경이었다.

많은 사람을 만나고 싶지 않다면서 많은 얼굴을 보았고, 나도 모르는 새 사람들의 얼굴을 집 안 여러 곳에 놓았다. 도통 쉽게 설명되지 않는 다양한 삶의 꼴을 직접 보고 싶었기 때문일까. 그들의 얼굴이 '삶'이라는 추상을 명쾌하게 해명하는 것도, 또 삶이 그런 성질인 것도 아니지만, 나는 그들의 얼굴을 보면서 흐릿하게 '삶'을 더듬고 싶었나 보다. 이제 내 삶도 천천히 살펴볼 때다. 가끔씩 천천히 거울에 담긴 '얼굴'을 바라본다. 그럴 때, 얼굴은 먼 곳이 된다. 타인처럼, 낯선 여행지의 풍경처럼, 때론 달의 뒷면처럼.

최초의 자화상

내 얼굴은 그간 살아오며 만났던 사람과
마주쳤던 사건과 감당했던 감정이 뒤섞인
아득한 풍경이었다.

—

냉장고를 안은 밤

냉장고

사물, 특히 어떤 공산품에게 감정을 품기란 쉽지 않다. 내게는 자동차 정도가 감정을 품기 쉬운 사물이다. 자동차는 인간의 몸과 접속하여 우리의 신체 에너지를 확장하는 사물이기 때문이다. 게다가 두 눈, 이마, 네 다리, 통통한 엉덩이를 가진 자동차는 포유류를 닮았다. 간단한 소품으로라도 자동차를 꾸며 보지 않은 사람은 없다. 때론 차량 가격을 상회하는 비용과 노력을 들이기도 한다. 많은 사람들은 생애 첫 차를 잊지 못할 뿐만 아니라 떠나보내고도 차에 품었던 감정을 추억하며 살아간다. 뉴욕에 사는 혼다 시빅의 소유주 해리 애틀링 씨가 30년간 273,588킬로미터를 함께 달려준 시빅이 멈추었을 때 뉴올리언스 전통 방식으로 장례를 치러준 연유도 그러했다.

그렇게 애칭을 부여하고 때때로 말을 걸고 떠남을 슬퍼하는 사물을 만나기는 어렵다. 아끼고 좋아하던 사물이 파손되거나 분실되면 아쉬움과 안타까움을 느끼지만, 새로 들인 상품의 능력과 디자인에 감탄하며 떠나보낸 오래된 사물을 금세 잊는다. 가전제품은 그런 경향이 더욱 크다. 함께 산 지 15년 된 우리 집 냉장고도 만약 떠나보내야 한다면, 아쉽겠지만 그보다 새로 들일 물건에 대한 기대감이 더 클 터였다. 부실한 냉방 능력, 커진 소음, 높은 소비 전력, 허름한 외관 등 이 낡은 냉장고는 모든 생명이 그렇듯 나이를 먹으며 기능이 점점 떨어져 갔다. 이제 이별할 시간이 다가오고 있다.

만약 비싼 수리비가 청구될 만큼 크게 고장 난다면 나는 응당 이 냉장고를 폐기하고, 요즘 트렌드에 맞춰 인공지능이 탑재된, 기왕이면 얼음이 오도독 떨어지는 깔끔한 실버 색상 냉장고를 들이고 싶었다. 하지만 아직 그럭

저럭 기능하는 그를(그녀일까?) 떠나보낼 명분이 크게 없었다. 그렇게 어딘가 미진한 마음을 품은 채 냉장고와 기약 없는 유예의 시간을 보내는 한편, 이 기회에 저 뚱뚱한 사물이 꼭 필요한 물건인지 아닌지 생각해보았다.

20세기 초 가정용 냉장고의 발명과 보급 이후 세상은 많이 변했다. 때론 좋은 방향으로 때론 나쁜 방향으로. 누군가는 냉장고를 부패와의 거대한 전쟁에서 인류를 승리로 이끈 선구자로 보았다. 그들은 염장 식품 대신 싱싱한 고기와 채소를 먹음으로써 인류의 건강과 수명 연장이 가능했다고 주장했다. 한편 냉장고의 발명과 보급으로 식재료의 대규모 유통과 보관이 용이해졌지만, 그로 인해 인류가 비만해지고 이웃과 나눠 먹는 음식 문화를 잃게 되었다는 주장도 나왔다. 그래서 내 나름대로 생각을 정리한 냉장고란,

없어져야 할 만큼 나쁜 건 아니지만 있다고 꼭 좋은 건 아닌 것. 있어야 한다면 너무 클 필요는 없는 것.

그래서 이 문제에 관해 나는 너무 크지 않은 냉장

고 한 대쯤은 있어도 좋을 것이라고 결론을 냈다. 조금씩만
사서 보관할 수 있는, 마음껏 채워 넣지 못하는 그런 냉장고
하나쯤.

　　언젠가 일본에서 친구가 놀러 왔다. 우리 집에서
하룻밤 묵은 그녀는 다음 날 떠나기 전 우리와 함께 기념사
진을 찍었다. 그리고 잠시 머뭇거리더니 수줍게 냉장고와
함께 사진을 찍고 싶다고 말했다. 당황스러웠다. 누렇게 변
색된, 큰 소음을 내는 이 냉장고 옆에서 브이 자를 그리며 환
히 웃는 친구. 일본에는 양문형 냉장고가 흔하지 않나, 하
고 짐작했을 뿐이었다.

기념사진을 찍힌 이 냉장고에게 어떤 매력이 남아 있는 걸까 생각하며 의심스러운 눈길로 냉장고를 자세히 볼수록 페인트칠이 벗겨진 도장 면과 닦아도 닦이지 않는 찌든 때만 눈에 들어왔다. 게다가 그르렁 소리는 점점 더 커졌다. 거실이 좁아서 더 잘 들리는 것이겠지만, 근래 더 심해졌는지 소음이 거실에 틀어놓은 조용한 음악 소리를 방해하는 수준에 이르렀다. "냉장고 소리 너무 심하지 않아?"라고 나는 아내에게 물었고, 책을 배에 덮은 채 졸다 깬 아내는 별로 신경 쓰이지 않는지 괜찮다고 했다. 내가 예민해진 걸까, 아니면 냉장고가 예민해진 걸까. 유독 크게 그르렁거리던 그날 밤, 냉장고 울음소리는 '우웅'에서 '웅웅웅'으로 다양하게 변주되었다. 듣던 음악을 멈추었다. 그는 잠시 쉬는가 싶더니, 하단부 어딘가에서 플라스틱 부딪히는 소리를 내고 다시 그르렁거렸다. 그 소리를 들으며 얼마 전 뵙고 온 병원에 계신 할머니를 떠올린 건 우연이었을까.

　　얼마 전 병원에서 생애 마지막 나날을 보내고 계신 외할머니를 뵈러 아내와 함께 다녀왔다. 손자를 알아보기도, 몰라보기도 하는 할머니의 말씀은 매번 똑같다. 빨리 가야 하는데 가지 않는다고, 너무 힘들다고, 너희들을 너무 고생시킨다고. 열아홉 살에 결혼하고 3년 만에 남편과 사별한 할머니는 재혼하지 않고 두 딸을 키우며, 90여 년의 인생 중 70년이 넘는 시간을 홀로 살아오셨다. 그런 할머니에게 종교는 의지할 수 있는 유일한 존재였다. 새벽 촛불 앞에서 하루도 빠짐없이 오랜 세월 기도해온 할머니. 그런 할머니가 요즘은 기도하지 않으신다고 한다. 정신과 기력이 없기도 하지만, 당신을 데려가지 않는 신에게 삐쳐서 더 이상 기도하고 싶지 않다고 하신다. 평생 기도해오신 할머니가 기도를 멈출 정도로 할머니의 남은 삶은 지난하고 힘든 것이었을까. "건강하게 오래오래 사세요"라는 말이 이제 모욕이 되어버린 할머니의 생 앞에서 어떤 말을 해야 할지 몰랐다. 야위었지만 여전히 고운 할머니의 손을 꼬옥 잡는 것밖에는 할 일이 없었다. 할머니는 그르렁거리며 힘겹게 버티고 계셨다. 그날 할머니의 모습에서 냉장고의 모습이 떠올랐던 건 우연일까.

냉장고가 처음 집에 온 날의 장면이 떠올랐다. 가

전 회사에서 온 기사 두 분이 하얗고 깨끗한 그를 옮기고 설치했다. 그리고 그날부터 지금까지, 몇 번의 이사 날 잠시 멈췄던 것 외에 그는 멈추지 않았다. 나처럼, 어머니처럼, 할머니의 심장처럼. 주거 공간에 있는 가전제품 중 심장을 한순간도 멈추지 않는 사물은 흔치 않다. 모두가 잠든 밤에도, 내가 멀리 떠나 집에 없을 때도 그는 멈추지 않고 부단히 숨 쉬어왔다. 15년 된 냉장고는 사람으로 치면 몇 살일까. 냉장고의 수명을 대략 15년, 많게는 20년 정도로 잡는다면 이 냉장고가 할머니처럼 말년의 인생을 보내고 있는 것은 분명해 보였다. 잘하면 앞으로 몇 년 더 살 수 있을지도 모른다.

15년 동안 우리는 매일 냉장고 문을 여닫았다. 수없이 들락거리는 내 손과 아내의 손을 조용히 받아내던 냉장고. 늦은 밤 어둠 속에서 주황빛을 네모나게 밝혀주던 냉장고. 쓸쓸한 날은 꼭 꺼내 먹고 싶은 무언가가 없어도 차갑지만 따뜻한 빛 앞에 한동안 서 있곤 했다. 요양원에서 할머니를 뵙고 온 그날 밤도 냉장고 문을 열고 오랫동안 멍하니 서 있었다. 문득 슬펐고 울음을 터뜨릴 뻔했다. 할머니 때문이 아니었다. 겨우 삶을 지탱하는 소리처럼 들리던 냉장고 소리가 할머니의 소리를 떠올리게 한 것은 맞지만, 할머니 때문에 울음이 터질 뻔한 건 아니었다. 그 순간만큼은 냉장고 때문에 그럴 뻔했다. 냉장고 때문에 울 뻔했다고 말하면 모두 웃겠지만, 그 순간은 할머니 때문이 아니라 냉장고 때문이었다.

냉장고가 감정이 없다고 확신할 수 있을까. 우리는 사물이 감정을 가질 수 없다고 확신한다. 흔히 감정은 인간이나 유기체가 갖는 것이라고 생각한다. 정말 그럴까. 어쩌면 그들에게 '아직' 감정이 없는 것인지도 모른다. 얼마 전까지 식물과 동물에게도 감정이 없었듯이. 아니 그렇다고 생각되었듯이. 동물들이 감정을 갖게 된 것은 몇십 년밖에 되지 않았고 식물은 비교적 더 최근의 일이다. (심지어 200여 년 전까지도 스스로 피부색이 없다고 생각한 어떤 인종은 피부색이 있는 인종에게 감정이 있으리라고는 감히 상상하지 못했다.) 그런데 정말 동물과 식물이 과연 몇십 년 만에 감정을 소유한 존재로 진화한 것일까? 혹시 그들이 진화한 것이 아니라 우리의 어떤 능력이 진화한 것은 아닐까. 그들을 섬세히 살필 수 있는 과학 기술과 인식의 힘이 진화하여 그들의 감정을 읽어내는 우리의 능력이 과거에 비해 더욱 향상된 것은 아닐까. 그러니까 몇십 년만에 벨루가에게 슬픔이, 타조에게 비애가, 자작나무에게 쓸쓸함이 생긴 것이 아니라, 그들을 향한 우리들의 감응 능력이 진화한 것은 아닐까. 변한 건 우리들이다.

　　　인간이 만든 사물이라고 동식물과 다르지 않다. 여전히 '사물화'라는 말은 인간과 인간 사회에 대한 어떤 비난의 표현으로 사용된다. 인간과 사회가 부정적인 방향으로 변해갈 때 사람들은 흔히 사물화라고 표현한다. 이 부당한 표현을 처음 사용한 헝가리 출신의 문예 이론가에게 사물을 모욕하려는 의도가 있는 것은 아니었겠지만, 아무튼 사물들은 억울하다. 사물들은 아무 잘못도 없는데, 막상 잘못한 것은 인간들인데 무언가 좋지 않은 현상이 벌어질 때마다 '인간화'가 아닌 '사물화'라고 비난하곤 한다. '기계적'이라는 말도 처지가 다르지 않다. 인간의 필요를 위해 존재해온 사물과 기계는 이런 대접을 받으며 파괴되고 버려져도 아무 불평 할 수 없다. 그들은 일하며 조용히 늙어가고 버려진다. 억울한 누명을 쓴 채, 그들은 너무 오래 말없이 살아왔다. 사물들에게 입이 있다면 이렇게 말할 것이다. 우리도 당신들과 다르지 않다고. 그간 무심한 표정으로 버텨왔지만 실은 우리도 당신들처럼 때론 힘들고 때론 슬프고 때론 아프다고. 그래서 우리 집 냉장고도 그날 밤 '차게 울었던' 게 아닐까.

몇십 년만에 벨루가에게 슬픔이, 타조에게 비애가,

자작나무에게 쓸쓸함이 생긴 것이 아니라,

그들을 향한 우리들의 감응 능력이 진화한 것은 아닐까.

변한 건 우리들이다.

사물에게 감정이 있을까. 제주도 어느 해변에서 만난 허물어진 이 건물에게 순간 어떤 감정이 느껴졌다. 오월의 태양에 얼굴과 몸이 까맣게 그을리며 오랜 시간 길을 걸을 때였다. 보름 동안 배낭에 눌린 허리는 비명을 질렀고 발은 터진 물집 탓에 질척거렸다. 오늘 몸을 뉘어야 할 숙소는 아직 멀었는데 구름은 잔뜩 몰려왔고 이내 빗방울이 떨어지기 시작했다. 비조차 피하기 힘들었지만 내 처지랑 비슷해 보이는, 이마가 검게 그을린 이 건물 앞에서 나는 발을 옮길 수 없었다. 그는 쓸쓸하게 버티고 있었다. 어떤 이유로 세상에서 모두 사라져버린 종種의 마지막 개체처럼, 슬픈 기억과 행복했던 추억을 간직하며 버티고 있었다.

감정은 공감이 있어야 존재한다. 이 두 가지는 마주 보는 시소의 양 끝처럼 한쪽만으로 작동하지 않는다. 공감할 수 없으면 어떤 것도 감정을 가질 수 없고, 공감할 수 있으면 모든 것에 감정을 가질 수 있다. 그런 의미에서 우리의 공감 능력이 확대된다면 감정을 가진 존재는 더 늘어날 수 있다. 다시 질문을 던지자. 사물에게 감정이 없을까? 밤마다 울고 있는 저 냉장고에게 과연 감정이 없을까? 확신할 수 없다. 내가 여태 그들의 감정을 읽어내지 못한 것이라고 말할 수는 있어도 그들에게 감정이 없다고 말할 수는 없다.

　　15년 동안 우리를 위해 쉴 새 없이 차가워지고 차가워지기 위해 뜨거워지고 다시 차가워지며 부단히 살아왔던 냉장고. 수리 기사가 다녀간 날, 나는 그를 위해 지금까지 아무것도 한 일이 없다는 생각이 들었고 그날 밤, 시를 한 편 썼다.

그날 밤에 냉장고는 웅웅거리며

안아달라고 했다

처음에는 무시했다

가슴을 따고

물을 마시고 맥주를 마셨다

그날 밤은 냉장고가 안아달라고

껌벅였다

계속해서 무시했다

서리가 서린 머리를 열고

아이스크림을 먹고 얼려둔 고기를 먹었다

그날 밤도 냉장고가 안아달라고 했다

못 들은 척했다

가슴을 가르고 손을 넣어

사과를 꺼내 먹었다

그날 밤엔 냉장고가 안아달라고 했다

대답 대신

배를 가르고 내장을 뒤적였다

유통기한이 지난 것들과

어머니 상행결장에 피어난 암세포를 닮은

곰팡이가 핀 것들을 밀어내고

깊숙이 숨겨진 싱싱한 것을 찾았다

어느 날 일본에서 온 친구가

양쪽으로 갈라지는 냉장고 앞에서

기념사진을 찍고 싶다고 했다

환하게 웃는 친구의 얼굴 옆에

10월 관리비와 사천성을 이마에 붙인

냉장고는 버려진 자전거처럼 쓸쓸하게 웃었다

북한이 수소폭탄을 성공적으로 발사하고

어머니가 암세포를 성공적으로 제거하고

할머니가 한세상을 행복하게 떼어낸

그날 밤, 냉장고가 안아달라고 했다

매일 밤, 따고 열고 넣고 가르고 뒤적였지만

냉장고를 안은 밤

한 번도 안긴 적 없이

냉기를 안고 어둠 속에서 오들오들 떨던.

냉장고를 오래오래 안았다

_안바다, 「냉장고를 안은 밤」

　　사물들의 감정을 읽어내는 우리의 능력이 커질수록 사물과 함께 살아가는 방법이 늘어간다. 그것으로 우리는 모든 타자와 함께 제대로 살아가는 법을 배울 수도 있다. 다음 날, 냉장고 이마에 붙여 놓은 프린트를 본 아내가 이게 뭐냐고 물었다. 나는 곧 헤어질 냉장고를 위해 시를 한 편 썼다고 말했다. 아내는 황당한 눈길로 나를 한 번 보고 이내 진지하게 시를 읽었다. 그러고는 알 수 없는 웃음을 짓고 나갔다. 아내도 같은 마음이었을까.

　　사춘기 때였다. 그때 나는 멀리 떠나고 싶었다. 공인된 감옥처럼 느껴지던 가족과 집으로부터 벗어나고 싶던 십 대 중반. 멀리 떠나고 싶지만 경비와 용기가 없던 나.
그때 나는 냉장고를 타고 바다를 건너 다른 나라로 떠나
는 상상을 품곤 했다. 가라앉지 않게끔 살짝 손을 본 냉장
고에는 단단히 닫히는 문과 충분한 음식이 있었다. 냉장고
를 타고 오랜 항해를 했다. 큰 파도가 일렁이고 폭우가 몰
아쳤지만 냉장고 안에서 따뜻한 불을 켜놓고 책을 읽고 콜
라를 마셨다. 그곳은 아늑했다. '요나'처럼 표류하다 아무
도 모르는 어떤 섬에 도착했다. 그곳에서 나를 반기는 주민
들과 함께, 그리고 고마운 냉장고와 함께 오래오래 행복하
게 살았다.

　　　수리 기사가 컴프레서라 불리는 냉장고의 심장
에 큰 문제가 있다는 진단을 내렸다. 수리하거나 교체하
는 비용이 꽤 많이 들 것 같다며, 기사는 왠지 수줍게 말했
다. 기사와 내가 그런 대화를 나누는 동안 냉장고는 먼지 쌓
인 심장을 가만히 내놓은 채, 제 몸에서 나온 부품 몇 사이
에 우두커니 서 있었다. 이제 우리가 헤어져야 한다는 것
을 냉장고도 나도, 수리 기사도 알고 있었다. 낡은 주황빛으
로 어둠을 밝혀주던, 그리고 그 빛으로 그날의 상심을 위로

하고 배를 채워주던 이 사물을 떠나보내는 것이 조금은, 아주 조금은 슬펐다. 함께 떠나지 못하는 내 작은 비겁 앞에서 냉장고에게 미안했다. 그래서 시를 썼다. 잘 쓴 시는 아니지만, 이것이 이제 고철이 되어 세상을 떠날 그에게 해줄 수 있는 최소한의 일이었다.

그날 밤, 냉장고를 오래오래 안았다. 다음 날 냉장고가 떠났다. 그리고 얼마 후 할머니도 떠나셨다. 이 땅에서 짧은 여행을 마치고 당신의 소원대로 이제 막 새로운 여행을 시작하셨다.

사물들의 감정을 읽어내는 우리의 능력이 커질수록
사물과 함께 살아가는 방법이 늘어간다.
그것으로 우리는 모든 타자와 함께
제대로 살아가는 법을 배울 수도 있다.

체념과 슬픔이 우리에게 주는 것

발코니

이 땅에 아파트가 생긴 지 얼마 되지 않은 시절, 반포에 입주한 이모님 댁 아파트 발코니에는 아직 새시가 없었다. 날것으로 뚫린 발코니에서 나와 형과 동갑내기 사촌은 종종 공연을 벌였다. 성탄 전야에 우리는 발코니에서 윤수일의 '아파트'를 고래고래 부르며, 미취학 아동이 겪은 한 해의 시련과 절망을 밤하늘에 퍼부었다. 지금 생각하면 층간 소음을 유발한 어이없는 행동이었지만 그때 사람들은 이웃에 대한 관용이 지금보다 후했던 건지, 아니면 소음에 덜 민감했던 건지, 그리 심한 제지를 받지는 않았다. 그 시절 사람들은 이웃 아이들의 참혹한 절규를 30분 정도는 참아주었던 것 같다. 우리의 무대 발코니는 작았지만, 끝이 어딘지 가늠할 수 없는 원경遠景을 끌어안고 있었다. 빈 벌판에 듬성듬성 돋아난 키 작은 아파트와 무심하게 빛나던 달빛과 별빛의 풍경. 그 풍경으로 인해 우리는 평소와 조금은 다른 생각을 품고 조금은 다른 행동을 했던 것일까. 단 한 명의 관객도 없었지만 우리는 혼신을 다해 공연했고 별들만이 자비롭게 반짝이며 참혹한 공연을 경청해주었다.

몇 년 전, 낡은 아파트에 입주하면서 발코니는 따로 확장 공사를 하지 않았다. 아파트 내부에서 계절의 변화와 날씨에 유일하게 감응할 수 있는 곳이 발코니이기 때문이었다. 물론 새시로 막은 발코니를 온전히 외부의 공간이라고 느끼기는 어렵지만, 집 밖의 표정과 감정이 얼마간 고여 있는 공간은 아파트에서 그나마 이곳이었다. 발코니에 의자 두 개와 작은 테이블을 하나 놓았다. 너무 덥거나 추워서 앉아 있지 못할 때가 많았지만 발코니의 의자와 테이블은 종종 자신의 자리로 나를 불러냈다. 발코니에서 조금은 다른 생각과 다른 행동을 하게 되는 것이 예나 지금이나 다르지 않아서 그곳에 가 있으면 어제의 기쁨과 슬픔이 아무것도 아닌 것처럼 느껴지곤 했다.

　　대개 집을 고를 때 남향을 선호한다지만 우리의 공간은 서향이기를 바랐다. 발코니에서 해지는 풍경을 보고 싶었다. 정확히 말하면 지는 해가 만드는 풍경을 보고 싶었다. 하지만 정서향집은 많지 않았고 무엇보다 여름엔 너무 더울 터였다. 그런 면에서 남서향 집이 제격이었다. 남서향 집에서 여름 해는 높이 떠서 베란다 근처에만 머물다 떠났고, 겨울 해는 낮게 내려앉아 따스한 빛을 거실 깊숙이 보내주었다. 때론 그 햇살만으로 그날 충분히 행복할 수 있었다. 무엇보다 이곳에서 지는 해가 만드는 풍경을 보는 일은 다른 어떤 이미지로도 경험하거나 느낄 수 없는 종류의 것이었다. "이미지가 범람하게 되면 저녁놀조차 진부해 보이는 법"이라고 수전 손택은 말했지만, 일상에서 범람하는 이미지들 때문에 저녁놀이 오히려 특별한 것으로 느껴지는 순간이 찾아왔다.

　　영상, 사진, 회화 등의 이미지를 보는 일은 무엇인가 내 안으로 밀려드는 것을 경험하는 일이다. 그래서 우리는 지식과 정보와 감동과 재미로 나를 채우기 위해 영화를 보고 전시회에 간다. 그러나 지는 해를 보는 일은 다르다. 해 지는 풍경을 볼 때는 무엇인가 내게서 빠져나가는 듯했다. 이런저런 감정들이 내 안에 너무 많이 쌓였을 때, 그리고 그것들을 뱉어내고 싶을 때 베란다에 나가 서 있곤 했다. 어린 날처럼 베란다에서 소리쳐 노래 부를 수는 없지만, 이곳에서 지는 해가 천천히 세상을 물들이는 풍경을 멍하니 바라보다 보면, 나를 무겁게 만든 것이 조금은 빠져나가는 것 같았다. 내게 지는 해를 보는 일은 무엇인가 채워가는 일이라기보다 비워가는 일이었다.

날씨 좋은 휴일엔 베란다에 오래 앉아 있곤 했다. 너무 덥거나 춥지 않은 계절, 오후 5시부터 7시 사이에 두 시간 동안 하늘과 땅에서 소리 없이 펼쳐지는 공연을 볼 수 있기 때문이었다. 매일 상연되지만 단 한 번도 반복된 적 없는 레퍼토리로 세상 모든 관객에게 공평하게 연주되는 공연. 소리가 들리지 않아 잘 몰랐는데, 이곳에 앉아 있으니 그 무대를 천천히 가로지르는 여객기가 보였다. 어떤 여객기는 조금 낮은 고도로, 어떤 여객기는 조금 더 높이 날았다. 여러 도시에서 떠났을 여객기는 인천공항이나 김포공항을 향해 점차 고도를 낮추고 있었다. 순항하는 여객기에선 붉은빛이 반짝였다. 몇몇 승객은 떠나온 여행지에서 쌓인 고단함을 묻힌 채 잠들어 있을 것이었고 몇 명은 다가올 여행지를 향한 설렘을 품고 깨어 있을 것이었다. 또 다른 몇 명은 서늘한 타원형 창에 이마를 맞대고 어두워지는 도시의 거리와 아파트를 바라보고 있을 터였다. 어쩌면 그들과 나는 서로 보지 못한 채, 서로 보고 있는지 몰랐다. 여객기 때문일까, 하늘 때문일까, 노을 때문일까, 그 모든 것 때문일까. 이곳에 있으면 모든 것이 아무것도 아닌 것처럼 느껴지는 순간이 왔고 어디론가 떠나고 싶어졌다.

　　친구가 한 손에 캔맥주와 간식이 담긴 장바구니를 들고 놀러 왔다. 우리 집에 처음 오는 그는 몇 걸음 만에 집을 둘러보고 곧장 라탄 의자와 책 몇 권이 놓인 베란다로 갔다. "어, 여기 좋다"라고 말하며 그는 의자에 털썩 앉았다. 금세 의자에서 일어나 거실로 들어올 줄 알았는데 친구는 거기에 꽤 오래 앉아 있었다. 초여름 해가 지고 있었고 열어놓은 베란다 창문에선 초저녁의 시원한 바람이 불어왔다. 그의 시선은 무덤덤한 표정으로 서 있는 아파트 단지를 넘어 완만하게 흐르는 먼 산줄기와 조금씩 붉어지는 하늘에 가닿았다. 나는 맞은편에 앉으며 캔맥주를 따서 친구에게 주었다.

그는 말없이, 그리고 천천히 마셨다. 그는 풍경을, 나는 그를 말없이 보았다. 이번에는 도시를 감싸는 넉넉한 산줄기와 위로처럼 내려앉는 저녁놀이 그에게 가닿은 것 같았다.

친구는 직장을 그만두고 시작한 첫 번째 교육 사업에 실패했다. 평범한 직장인이 평생 벌어서 갚기 쉽지 않은 액수의 자금을 잃었다. 남은 자산과 양가 부모님의 도움으로 몇 년을 애써 겨우 빚을 정리했다. 그리고 얼마 전 그의 아내가 작게 외식업을 시작했다. 친구는 아내를 도와 함께 일했다. 장사가 썩 잘되는 건 아니지만 조금씩 나아진다며, 그는 마치 처음 웃어본 사람처럼 미소를 지었다. 애써 담담한 척하는 것인지 몰랐지만 그의 미소에는 뜻밖의 아늑함이 담겨 있었다. 큰 실패를 경험해서일까. 그에게 어떤 내성이 생긴 것 같았다.

'잘될거야'라는 성의 없는 위로를 전하고 싶지 않았지만 다시 그 말로 되돌아갈 수밖에 없었다. 잘될 것이라고 말한들 상황이 잘 풀리지 않을 수도 있다는 것을, 괜찮다고 위로한들 그가 괜찮지 않을 수도 있다는 것쯤은 알고 있었다. 어떤 위로도 친구에게 대답이나 해답이 될 수 없다는 것을 알고 있었다. 하지만 그가 언젠가 괜찮아질 것이라는 사실 역시 알았다. 상심과 상처를 해결해줄 정답이 있어서 괜찮아지는 것이 아니라, 그가 또 다른 슬픔과 상처로 지금의 슬픔과 상처를 견디며 괜찮아질 것이라는 사실을 나는 알았다. 아니, 실은 친구가 그럴 수 있기를 바랐다.

내게 지는 해를 보는 일은
무엇인가 채워가는 일이라기보다
비워가는 일이었다.

Vilhelm Hammershøi,
Interior, Strandgade 30,
1901.

덴마크 화가 빌헬름 하메르스회이는 집 밖의 풍경보다 집 안의 풍경을 많이 그렸다. 그의 회화에는 주거 공간에서 사물과 빛과 사람이 서로 감응하는 방식이 차분히 묘사되어 있다. 방 안에 고루 퍼지는 빛, 가만히 서 있는 피아노, 단정하게 놓인 테이블과 의자들. 그리고 그들보다 우월한 지위를 내세우지 않고 화면 한쪽에 서 있거나 앉아 있는 인물들. 화가는 특히 인물의 뒷모습을 많이 묘사했다. 그들은 마치 가구처럼 그곳에 놓여 있다. 이 말은 그들에 대한 모욕이 아니다. 이는 오히려 다른 사물들과 가장 조화로운 방식으로 인물들을 묘사한다는 의미이다. 그의 회화에서 인물들은 가구가 된다.

인물이 창을 통해 무엇을 보는지 알 수 없다. 집 앞 골목일 수도 있고 정원일 수도 있다. 아니면 먼 풍경일 수도 있다. 한 가지 알 수 있는 것은 풍경을 보고 있는 인물이 화가와 우리에게 또 하나의 풍경이 된다는 사실이다. 무언가를 바라보는 인물의 뒷모습에서 우리는 자연과 도시의 풍경에서 느끼지 못하는 또 다른 풍경을 발견한다. 그 풍경을 통해 우리는 때로 창밖의 풍경보다 더 많은 것을 보곤 한다. 창을 통해 그녀는 무엇을 보고 있을까. 그녀는 무엇을 생각하고 있을까. 그리고 그녀는 어떻게 견뎌내고 있을까. 안에 있는 그녀는 이미 먼 곳을 여행 중이다.

필리핀 루손섬 북부 사가다에는 절벽 장례라는 풍습이 있다. 그들은 망자의 관을 절벽에 얼기설기 엮어놓았다. 마치 거벽을 등반하는 클라이머가 하룻밤 머물고 가는 비박지처럼 관은 암벽에 위태롭게 매달려 있다. 동물로부터 훼손을 막기 위해, 아득한 허공에 매달린 관에서 망자는 놀라지도 무서워하지도 않고 고요히 잠들어 있다. 그 필리핀 마을의 관처럼, 허공에 매달린 발코니에서 우리는 아픔과 절망을 앓으며 담담히 그 시간을 지나왔다. 퇴직한 아버지도, 암 수술한 어머니도, 이별을 통보받은 누이도, 이직을 고민하는 남편도, 별거를 다짐하는 아내도, 사업에 실패한 친구도, 야근으로 늦은 당신도 말없이 앉거나 그저 멍하니 서서, 어떤 아픔과 절망을 차곡차곡 쌓았던 발코니. 그곳에서 비행기의 꼬리를 보며, 노을이 내려앉는 하늘을 보며, 커피나 맥주를 마시며, 네온사인 불빛을 보며, 화초에 물을 주며 우리는 어떤 아픔을 앓는 동시에 무수히 체념하며 내성도 함께 쌓고 있던 것이다.

장거리를 달려 본 사람은 안다. 20킬로미터까지 나를 괴롭히던 무릎 통증이 30킬로미터쯤에 사라진 건 아프던 무릎이 나아서가 아니라, 발목의 더 큰 통증이 무릎의 통증을 별거 아닌 것으로 만들었기 때문이라는 것을. 마지막 40킬로미터쯤, 발목 통증이 사라진 건 발목이 회복되었기 때문이 아니라, 온몸의 고통 때문이라는 것을. 이전의 아픔은 나중의 아픔으로 무뎌지고 나중의 아픔은 또 다른 아픔으로 견뎌지며 그렇게 차곡차곡 어떤 내성이 생겼다는 사실을.

　　　창밖의 볼품없는 네온사인은 조난 신호처럼 위태롭게 깜박이지만, 끝내 꺼지지 않고 위태롭게 견디는 그 모습이 우리에게 어떤 위안을 주기도 한다. 맞은편 아파트 거실에 불이 켜지는 순간, 세상에서 완전히 혼자는 아니라는 느낌을 받고는 한다. 해결된 일이 아무것도 없지만 멍하니 바라본, 해 지는 풍경만으로 위로가 되는 순간이 있다. 이때의 위로나 위안은 '극복'이나 '의지'와 같은 성분으로 채워진 단어가 아니다. 이미 무력해진 우리는, 그런 힘이 센 단어들에게서 위안을 받지 못한다. 이때의 위안은 오히려 '체념'이나 '슬픔' 같은 성분으로 이루어진 단어다. 세상에는 의지로 극복할 수 있는 일보다 극복할 수 없는 일이 더 많다. 해도 결국 되지 않는 일이라는 것도 있다. 그것을 인정하고 체념하면 어려운 것들이 조금은 쉬워지는 순간이 온다. 때로 삶에는 의지와 극복보다, 체념과 슬픔이 더 중요한 걸지도 모른다. 우리 신체의 면역 체계가 말없이 그랬던 것처럼, 그 체념과 슬픔으로 우리의 또 다른 슬픔과 절망에 내성이 생길 테니까. 체념과 슬픔이라는 단어는 좀 더 정당하게 평가받아야 한다. 우리가 지금까지 견디며 잘 살 수 있었던 것은 실은 무수한 체념과 슬픔 때문이니까.

돌출된 콘크리트 한 덩이로 만들어진 이 공간이 우리에게 주는 것은 콘크리트 한 덩이 이상의 것들이다. 지는 해가 내려앉는 도시의 풍경과 쓸쓸하게 깜빡이는 네온사인은 굳은 희망과 의지를 고양하기보다 우리가 체념하고 충분히 슬퍼하기를 가만히 권한다. 그리고 그것이 가장 큰 용기일 수 있다고 다독인다. 세상에서 가장 가깝고 가장 먼 땅, 발코니. 이곳에서 우리는 매번 다시 떠나고 매번 다시 시작한다.

매일 떠나는 여행

에필로그

집이란 세계 안의 우리들의 구석인 것이다.

집이란—흔히들 말했지만—우리들의 최초의 세계이

다. 그것은 정녕 하나의 우주이다.

_가스통 바슐라르, 곽광수 옮김, 『공간의 시학』, 동문선, 2003, 77쪽.

집이라는 공간에 특별히 관심을 갖은 건, 몇 년 전

생애 첫 집으로 작은 아파트를 마련하고 나서부터였다. 남서

향이고 빛도 잘 들었지만 지은 지 20년이 넘은 아파트는 어

딘가 어둡고 무거웠다. 한물간 인테리어에, 오래도록 도

배 외에 내부 수리를 하지 않아서이기도 했겠지만, 무엇보

다 그동안 이곳을 거쳐 간 여러 거주자의 삶과 세월의 흔적이 덕지덕지 묻어 있기 때문일 것이라는 생각이 들었다. 사람들은 살면서 다양한 방식으로 다양한 흔적을 남겼다. 이 공간은 일종의 낡은 박물관이 된 것 같았다.

하지만 질 좋은 설비와 전문적인 인력으로 관리되는 박물관과 달리, 여러 거주자를 거치며 낡아/늙어 간 이 아파트에는 오래된 건물에서 느껴지는 깊이와 품성이 결여되어 있었다. 내부 수리를 마음먹었다. 직접 시공할 만한 기술과 지식이 있진 않았지만, 어디를 어떻게 꾸미고 구성할 것인가에 대해서는 공부하면 될 터였다. 도서관에서 인테리어, 디자인, 가구, 조명 등 관련된 책을 수시로 빌려 읽었다. 관련 외국 잡지와 인터넷 자료들도 틈틈이 읽고 보았다. 84제곱미터 이하 국민 주택 규모의 오래된 아파트 리모델링을 위해 쓸데없이 많은 공부를 하는 것 같았지만, 그 시간을 통해 우리 거주지에 대해 고민해볼 수 있었다.

부족한 재정적 현실과 협소한 공동 주택이라는 공간적 현실 때문에 꿈을 마음껏 펼치지는 못했다. 그래도 이

고민은 당장의 아파트에 그치지 않고, 앞으로 살게 될 공간과, 살았던 공간에까지 닿았다. 오늘날 거주지에 대한 사유는, 20년 넘게 살았던 옛집의 기억을 떠오르게 했다. 불편하고 춥고 낡고 번잡한 환경을 고루 갖춘 서울 변두리의 작은 집. 돈과 기회만 있다면 언제든 떠나고 싶던 집. 막상 우리(부모님)의 집도 아닌, 자유로운 영혼으로 사시면 좋았을 아버지 때문에 살게 된 외할머니의 집이, 이제는 빌라의 주차장이 되어 세상에 존재하지 않는 그 집이 자주 떠올랐다. 유년 시절 거의 전부를 보낸 그 집이 어린 내게 아파트가 주지 못하는 것들을 주었다. 단독 주택의 공간성이 어린 내게 다채로운 몽상과 꿈을 꾸게 했다. 작은 마당과 옥상, 그리고 지하실까지 구석진 모든 공간을 돌아다닌 어린 나는 그만큼의 꿈을 꾸었다.

기억이 시간과 관련된 것이라고 생각하기 쉽지만 기억은 공간과 상관한다. 아니, 기억은 그 자체로 공간이다. 공간이 존재하지 않는 기억은 존재하지 않는다. 함께 갔던 무수한 공간과 풍경을 떠올리지 않고 사랑했던 사람을 떠올릴 수 없고, 함께 뛰어놀던 골목과 놀이터를 떠올리지 않고 어릴 적 친구를 떠올릴 수 없다. 어떤 기억을 떠올린다는 것은 공간을 떠올린다는 의미이고, 그렇기에 공간이 내밀할수록 그 기억도 함께 내밀해진다. 그래서 바슐라르가 말했듯이 깊이와 내밀함을 부여하는 수직성이 부재한, 즉 옥상이나 지하가 없는, 오로지 수평성만 존재하는 아파트에 사는 일은 어쩌면 작은 비극일지도 모른다. 위로 오를 수 있고 아래로 내려올 수 있는, 또 많은 구석이 존재하는 주택은 그만큼 많은 기억을 만든다. 하지만 엘리베이터를 통해 수평에서 다른 수평으로 이동하는, 단조로운 평면을 가진 아파트에는 다양한 구석이 들어설 자리가 없다. 그만큼 기억도 단조로워진다. 단기간의 경제성장과 도시화가 만들어낸 결과겠지만 내밀함이 부재한 아파트의 대대적인 보급은 어쩌면 소비사회의 전 사회적 전략일지도 모른다는 생각이 들었다. 잠만 자고, 일하고, 소비하기 위해 배터리를 충전하는 곳으로 주거 공간을 전락시키는 어떤 전략. 먹고 놀고 쓰고 공감하고 즐기고 읽고 듣고 공부하고 파티를 열고 사랑하는 일까지, 할 수 있는 모든 일을 집 밖에서 하는 것이 오히려 당연해지는 어떤 전략. 이 총체적인 전략을 통해 아파트에 부재한 내밀함을 풍족한 외부 소비 공간에서 끝없이 소비하여 대체하는 것이 전 사회적 구성원의 비계획적 계획은 아니었을까. 우리들의 자랑스러운 경제 발전은 집의 내밀함과 추억의 내밀함을 잃고 얻은 대가인지도 모른다.

아내와 살게 될 아파트가 그런 곳이라는 점이, 실은 우리 시대 거주자 대부분이 사는 공간이 그런 곳이라는 점이 조금은 슬펐다. 하지만 이 비극적인 공간도 단독 주택만큼은 아니겠지만 구성하는 방식에 따라 조금이나마 내밀해질 수 있으리라 생각했다. 다양한 용도와 디자인의 의자가 다양한 공간성을 구성하며 다양한 사색을 이끌어줄 수 있기를 바랐고, 중앙집중적인 형광등 대신 여러 구석에 놓인 간접 조명이 만들어낸 다채로운 빛과 그늘 아래에서 다채로운 꿈을 꿀 수 있기 바랐다. 그렇게나마 내밀해진 공간에서 내밀한 여행을 떠나는 것이 꼭 불가능한 일이 아니라고 생각했다. 이 좁은 아파트도 가장 멀고 아득한 풍경이 되기를 바랐다. 지금 사는 우리의 집이 그런 공간이 되었는지 확신할 수 없지만, 아무튼 나는 매일 아침 일어나고 매일 저녁 돌아오는 이 공간으로 여행을 떠나고 싶었다. '사는' 일은 그저 수동형 어미가 붙어 '살아지는' 일이 아니었다. 그것은 여행처럼 일부러 어딘가를 찾아가고 경험하는 능동적인 일이자 제대로 배워야 하는 일이었다. 그렇게 거주하는 법을 알 때, 비로소 아파트에서 보내는 일상도 여행처럼 즐겁고 소중해지는 것이 아닐까.

　　미술가 정연두의 〈상록타워〉(2001)라는 작품은 서울 광장동의 아파트 '상록타워' 서른두 가구의 가족사진으로 구성된 연작이다. 연작 사진은 같은 공간에서 거의 비슷한 공간 구성으로 살아가는 사람들의 모습을 담았다. 작품의 전언이 획일적인 삶에 대한 비판과 풍자인지, 또는 타인과 이웃에 대한 교감과 관심의 촉구인지, 혹은 그 둘 다인지 알 수 없다. 물론 사진에 찍힌 서른두 가구의 '생활'은 전형적이다. 거실 중앙의 텔레비전, 아파트의 기본 옵션이었을 텔레비전 장식장, 텔레비전 맞은편의 살찐 소파, 소파 위의 가족사진이나 총천연색 액자, 천장의 원형 형광등, 동일한 색깔과 패턴과 재료의 바닥, 대개 부부와 아들딸로 구성된 단출한 가족 구성원까지 평범하고 단조로운 사진이다. 그럼에도 서른두 장의 가족사진을 자세히 보고 있으면, 작가

의 시선에서 풍자와 비판에 필요한 희화화보다, 비슷한 듯하
지만 실은 모두 각자인 사람들의 삶에 대한 어떤 애정과 따
뜻함이 느껴진다.

　　　'상록타워'의 거주자들은 모두 각자의 방식으로 카
메라 앞에 서 있다. 같은 건축 공간과 비슷한 가구 배치 사
이에서 그들은 엇비슷한 생활을 하며 비슷한 소망과 비슷
한 절망과 비슷한 고민을 품고 살아가는 듯이 보이지만, 자
세히 보다 보면 하나의 패턴과 방식으로 환원할 수 없는 개
별의 삶이 보인다. 엄마와 아빠의 얼굴 표정, 아이들의 입
성과 몸짓, 들고 있는 소품, 거실에 놓인 가구와 전자기기,
크고 작은 여러 세간들까지 어느 하나 완전히 똑같은 것
은 없다. 언뜻 비슷해 보여도 모두 다른 모습을 지닌 구름
처럼, 각각의 사진에는 비슷한 '생활' 너머 서로 다른 '삶'
의 풍경이 담겨 있다. 그들은 자신만의 이유와 방식으로 고
민하고 싸우고 갈등하고 사랑하고 분투하며 살고 있을 터였
다. 그들은 서른두 개로 구획된 같은 공간에서 서로 다른 꿈
을 꾸며 다른 곳을 여행하고 있었다. 작가는 최대한 정중하
고 따뜻한 시선으로 '상록타워'라는 같은 공간에 펼쳐진 다

채로운 여행지의 풍경과 그곳을 여행 중인 여행자의 모습을 담아냈다.

　　우리 주거지의 여행자들은 그런 의미에서 비슷비슷한 여행을 하고 있는 것이지만, 공간과 사물을 마주하는 시선과 태도에 따라 그 여행은 많이 달라질 수 있다. 물론 히말라야 안나푸르나 둘레길을 걸으며 느끼는 경외감을 우리의 주거지에서 발견하기는 어렵다. 하지만 8,000미터 연봉들 사이에서 느낄 수 없는 어떤 위로를 작고 소박한 의자에서 받을 수 있다. 오르세미술관에서 막상 느끼지 못한 한 예술가의 슬픔을 거실에 놓인 프리다 칼로 자화상 엽서에서 느낄 수도 있다. 두 평 발코니에서 본 노을 풍경이 3대 석양이라고 홍보하는 어느 해변의 노을보다 더 붉고 넓게 내려앉을 수 있다. 모든 경험이 상품이 되는 시대에 여행 역시 잘 만들어진 상품이지만, 그럼에도 여행이 여행으로 남을 수 있다면 그것은 경험의 크기와 감정의 크기가 꼭 돈의 크기와 비례하지 않기 때문이다. 대개 구매 비용을 높게 지불할수록 멋진 풍경을 '프라이빗'하게 즐길 수 있고 다채롭고 풍부한 경험을 제공받지만, 그 비용과 경험이 꼭 순조롭게 비례하는 것은 아니다. 값비싼 비용을 치르고 바라본 해변에서 그와 심하게 다툰다면 그곳은 형편없는 말다툼의 배경이 될 뿐이고, 허름한 골목이지만 그곳에서 그녀가 내 수줍은 고백을 받아준다면 그 골목은 가장 가슴 설렌 풍경을 간직한 장소가 된다.

사소하고 일상적인 풍경에서 때때로 우리는 가장 내밀한 풍경을 만난다. 그런 의미에서 집이 좋은 여행지가 될 수 있다는 말, 그리고 84제곱미터 이하 아파트에 사는 일도 여행이 될 수 있다는 말은 단지 비유적인 표현이 아니다. 어떤 여행으로 우리 삶이 때때로 변하듯, 벽의 색깔이나 조명의 조도와 질감만으로 우리는 변할 수 있다. 의자의 디자인과 램프의 형태가 행복을 보장해주는 것은 아니지만, 때론 의자와 전등 하나로 우린 행복할 수 있다.

마음껏 공상하고 싶을 때는 구석에 놓인 의자로, 당신의 냄새가 그리울 때는 작은 침대로, 누군가의 숨겨진 이야기가 궁금할 때는 조명이 만들어낸 빛과 그림자 속으로, 용기 있는 체념과 포기가 필요한 날에는 발코니로, 잘 구위진 위안의 냄새를 맡고 싶을 날엔 주방으로. 우리의 거주지는 그렇게 특별한 것 없는 생활이 차곡차곡 쌓여서 관계를 만들어낸 소중한 삶의 풍경이다. 그 풍경으로 우리는 매일 떠나고 매일 도착한다.

Pieter Janssens Elinga,
Room in a Dutch House,
ca. 1668 – 1672.

나와 당신의 작은 공항

첫판 1쇄 펴낸날 2020년 9월 18일

지은이 안바다
발행인 김혜경
편집인 김수진
책임편집 유승연
편집기획 이은정 김교석 조한나 이지은 유예림 김수연 임지원
디자인 한승연 한은혜
경영지원국 안정숙
마케팅 문창운 정재연
회계 임옥희 양여진 김주연

펴낸곳 (주)도서출판 푸른숲
출판등록 2003년 12월 17일 제406-2003-000032호
주소 경기도 파주시 회동길 57-9, 우편번호 10881
전화 031)955-1400(마케팅부), 031)955-1410(편집부)
팩스 031)955-1406(마케팅부), 031)955-1424(편집부)
홈페이지 www.prunsoop.co.kr
페이스북 www.facebook.com/prunsoop   **인스타그램** @prunsoop

ⓒ 안바다, 2020
ISBN 979-11-5675-839-6 03810

* 잘못된 책은 구입하신 서점에서 바꾸어 드립니다.
* 본서의 반품 기한은 2025년 9월 30일까지입니다.

이 도서의 국립중앙도서관 출판예정도서목록(CIP)은 e-CIP 홈페이지(http://seoji.nl.go.kr)와
국가자료종합목록시스템(http://www.nl.go.kr/kolisnet)에서 이용하실 수 있습니다. (CIP 2020035375)